初恋捜査（難航中）

李丘那岐

幻冬舎ルチル文庫

CONTENTS ✦目次✦

初恋捜査（難航中）

✦カバーデザイン＝久保宏夏（omochi design）

✦ブックデザイン＝まるか工房

イラスト・ヤマダサクラコ✦

初恋捜査（難航中）

◇ 現状プロファイル

後ろは振り返らない。前だけ向いて生きていく――そう言えば、忘却は逃げではなくなる。どうしようもない過去といつまでも向き合っているのは時間の無駄。振り返ってわざわざ古傷を新しくしたからといって、抵抗力が身につくわけでもない。

『抱くことは……二度とない』

初めて抱かれた、初めて恋した相手にそう言われたら、誰だって傷つく。

だけど、初恋は実らないものと相場が決まっている。自分の場合、そこにこぎ着けただけでも奇跡みたいなものだったから、傷すらありがたいとオブラートに包んで呑《の》み込んだ。今では心の奥の奥、刺さって抜けない小骨みたいに、時々チリチリ痛むだけ。滅多に思い出すこともなくなった。

後悔なんてしてもしょうがない。もうあいつはいないのだから。

新しい恋をしよう――そうずっと標語のように掲げているというのに、一向にそういう相手には巡り会えない。

懲《こ》りてなんかいないし、未練があるわけでもない。ただもう一度会いたいと、会えたら次は間違えないと、前向きに思っているだけだ。前向きに——。

『想《そう》……』

忘れようとすると不意によみがえる、熱い吐息のような低い声。

心の奥の奥がちくりと痛んで、そこに傷があることを思い出させる。でも、その傷ももう小さくなった。もうすぐ完治する。そんな現状。

後ろは振り返らない。前だけ向いて生きていく——今日もまたそう自分に言い聞かせ、忘却に縋《すが》る。

◇　捜査《そうさ》開始

会議室の入り口には『桜井町《さくらいちょう》洋菓子店オーナー殺人事件捜査本部』と書かれた紙が貼られていた。警察内ではこれを戒名《かいみょう》と呼ぶ。死者にではなく、事件に与えられる名前。捜査は弔《とむら》い合戦《がっせん》であり、一刻も早く真犯人を挙げることで死者の無念を晴らす。

戦場へ赴いたのだから、急に呼び出されたとか、他の用事があったとか、そんな不満や個人的事情をぐちぐち言うべきではない。ものすごく言いたいが、実際言ってもみたのだが、通らなかった時点で諦めた。

鎧《よろい》代わりにダークブルーのスーツを着て背筋を伸ばし、兜《かぶと》の代わりに黒縁眼鏡《めがね》を装着して、個人的な感情を表情から消す。

いざ戦場へ。高木《たかぎ》想は戒名をチラリと横目に見て、会議室の中へと足を踏み入れた。

長机が整然と並び、四十人ほどの刑事たちが席に着いている。警視庁捜査一課及び所轄署の強行犯係に所属する猛者たち。常日頃から凶悪犯と対峙《たいじ》しているせいか、どいつもこいつも目つきが悪い。

その鋭い視線を一身に浴びながら、高木は無表情に進む。品定めをするような目、反抗的な視線。そんな中を悠然と歩いていく。

自分のために設けられた席は前方の中央にあり、そこで立ち止まって、全員と対峙する。

「おはようございます。結城《ゆうき》管理官が昨夜倒れられ、療養のためしばらく休職されることになりました。急遽《きゅうきょ》代理の管理官として着任しました、高木です。よろしくお願いします」

よく通る声で淡々と挨拶した。

昨日まで違う隊長に従っていた部隊は、露骨に新しい隊長受け入れ難《がた》しの空気を漂わせる。

高木は着席に紛らせて溜息《ためいき》をつき、会議を始めるよう促した。

管理官というのは、捜査本部の実質的なリーダーだ。捜査員たちの集めてきた情報を総合的に判断し、捜査方針を決め、陣頭指揮を執る。だから現場経験の豊富なベテラン刑事がなることが多い。総務や警備など畑違いの部署から異動してくることもあるが、その場合もある程度年齢は高く、高木の弱冠三十という年齢は、わかりやすい不満要素だった。

そして高木は幹部候補として採用された、いわゆるキャリアだ。入庁すれば、あっという間に昇進し、若くして管理職に就く。何十年も働いてきた人たちを飛び越して上官になるのだから反感も買うが、そういう制度なので警察官はみな割り切っている。

割り切れないのは、現場で直接上に立たれる場合だ。強権を持った経験不足の人間に、あれこれ口出しされることほど鬱陶《うっとう》しく邪魔になることはない。

キャリアにも現場経験を積ませるべきということで、十数人いる管理官の中に、若いキャリアが数人程度置かれるようになったが、現場の捜査員には不評だ。

現場経験が少ないなら実質的な指揮は慣れた者に任せて、お飾り管理官となるのが双方にとって平和な道。

高木も空気は読む方なので、最初はお飾り管理官をしていた。しかし、管理官になって二年も経てば、経験を積み、あらも見えるようになる。間違った方向へ進もうとしていると感じながら黙っているということが、高木にはできなかった。

口を出せば出すほど嫌われ疎まれる。しかし口を出さなければ好かれるというものでもない。開き直ってお飾りをやめた結果、生意気な若造キャリアとして知られるようになってしまった。それなりに実績も上げているのだが、そっちはスルーだ。

とはいえ、いつもの班の者たちとなら、もうそれなりに関係はできあがっている。しかし今回は代理で、彼らの管理官は現場叩《たた》き上げのベテラン刑事だった。統率力もあり、捜査員たちからの信頼も厚かっただけに、代役が若いキャリアというのはギャップがありすぎて抵抗も強い。口を出せば揉《も》めるのは必至。

しかし、摩擦を恐れて小さくなっている気はなかった。なにをどうやっても若いキャリアなんて嫌われるのだから、遠慮するだけ損だ。犯人逮捕のため、自分の頭脳は役に立つという自負もある。

それに、楯突かれるのもわりと嫌いではないのだ。刑事にはまるで出世欲のない人間というのが少なからずいて、キャリアだろうと上官だろうと忌憚《きたん》なく意見をぶつけてくる。対立すれば面倒くさいが、嚙《か》み合えば心強い。我の強い奴の方が凹《へこ》ませるのは楽しいということに気づいてからは、嫌われることさえ楽しめるようになってきた。

会議室を見回せば、報告を聞きながらも高木を胡散《うさん》くさそうに見る目がちらほら。特に古参の刑事からの敵意を感じる。まだ挨拶しかしていないのにこの状態だ。

露骨に睨《にら》んでくるひとりに微笑《ほほえ》みかけてみれば、さらにきつく睨まれて、思わず噴き出しそうになってうつむく。

警察官というのは体育会系で、柔よりも剛の者、派手よりは質素を尊ぶ風潮がある。高木は容姿もあまり好まれるタイプではなかった。

小さめの顔、すっきり整った優しげな面差《おもざ》し、仕立てのいいスーツを身につけたスラリとした四肢《しし》。そのままなら洒落《しゃれ》た優男という雰囲気だが、髪をきっちり整え、黒縁眼鏡をかけて表情を消せば、いかにもエリート官僚という堅い印象に変わる。

軟派な男も、頭でっかちのインテリも、どちらにしろ好かれないし、じっと相手を見て微笑めば、人を馬鹿にしているように見えるということも承知している。

外見だけで判断するなら、ただのいけ好かないキャリア。しかし内面には思いがけず熱いものを秘めている――かもしれない。そこを疑ってかかるのが刑事の習性。外見だけで決めつけてしまうような輩《やから》は話にならない。

高木は黒縁眼鏡のブリッジを押さえ、事件の資料に目を落とした。急な呼び出しだったため、まだ詳細が頭に入っていない。

事件が発生したのは六日前。この捜査本部が立ったのは五日前。高木は二日前まで違う事件に携わっていたので、本来ならここにいるはずはなかった。

二週間ぶりの休みが電話一本であっけなく消える。とんだブラック企業だ。命令には絶対服従。どんな過酷勤務も気合いで乗り越えるのが当然。

以前高木は刑事のことを、安月給で危険に身を置くマゾだと評したことがある。正義感や使命感のために、自分や自分の身内を犠牲にするのは愚かなことだと思っていた。自分はそうはならないと思っていたのに――。

これが血というものなのか……と、溜息が漏れた。

どうしても意識が散漫になる。

休みが潰れたとか、他に気になることがあるとか、不満も疲れも、ついでに眠気もとりあえずは横に置いて、まずは目の前の合戦だ。

事件が起きたのは三ケ森《さんがもり》署《しょ》管内にある洋菓子店「ウェヌス」。経営者の中橋雅美《なかはしまさみ》（四十五歳・女性）が店の厨房《ちゅうぼう》で死んでいるのが、朝になって出勤してきた従業員によって発見された。死因は頭部を殴《なぐ》られたことによる急性硬膜下血腫《きゅうせいこうまくかけっしゅ》。凶器は見つかっていない。

被害者は洋菓子店を五店舗経営している実業家で、経営者としての評価はまずまずだったが、従業員からの評判はすこぶる悪かった。かなり高慢で口が悪く、あちこちで恨みを買っている。三年前に離婚し、高級マンションにひとり暮らし。子供はいない。

殺害現場となった店に社長室があり、被害者が遅くまでそこにひとりでいることは珍しくなかった。被害者の着衣に人と争った形跡はなく、金目の物にも手をつけられていないことから、近しい者の怨恨《えんこん》による犯行の線が濃厚とされている。

強盗より怨恨の方が犯人を絞りやすいが、今回の被害者は恨みを抱いているとされる人物が多く、現在それを片っ端から当たって、アリバイなど確認している最中らしい。

そのリストに目を通そうとした時、捜査員の報告が終わった。

「私はまだ事件を完全に把握できていないので、昨日までの指示通りに捜査を続行してください。細かな変更は須賀《すが》係長に確認を。ああそれと、今の報告では仕入れ先に関するものがありませんでしたが、そっちの聞き込みは誰が？」

「いえ、それはまだ……特に仕入れ先とトラブルがあったとは聞いてないので」

主任がやや言いにくそうに言った。

「じゃあそっちに地取《じど》り班から二人回してもらえますか」

「わかりました」

被害者は立場が下の者には強く出るタイプの人間だったようなので、仕入れ先に好かれていたとはとても思えない。これまでトラブルがなくても、溜《た》まりに溜まった鬱憤が爆発し、ぶん殴ってしまった、というのは充分あり得ることだ。

刑事たちは三々五々に散っていく。

「俺は仕入れ先を回るって言ったんだぜ？　でも結城管理官が、仕入れ先なんか後だ、おまえは他の店の聞き込みに行け！　とかって、聞く耳持たねえし」

不満そうな声を聞いて顔を上げれば、ガタイのいい男がこちらを見下ろしていた。

「南元《みなもと》巡査部長」

なにかと縁のある男だが、その男くさい野性的な顔は、あまり見たい顔ではなかった。

「はいはい、いかにも俺は巡査部長ですよ、高木警視殿《どの》」

警視と巡査部長では階級が三つも違うが、表情も口調も巡査部長の方が偉そうだった。

南元和毅《かずき》は三ヶ森署の刑事課、強行犯係に所属する刑事で、高木とは同い年だ。しかし、高卒ノンキャリアの南元は同期ではない。馴れ馴れしいのは単にこの男の性格によるもので、人を小馬鹿にしたようなにやけた笑みも、いつもの表情だ。

キャリアだとか上司だとか、南元には言うだけ無駄だった。

今は刑事もスーツが基本だが、南元はパーカーにワークパンツ、編み上げブーツというコンバット仕様。理由は動きやすいから。事件解決に必要なら上司にも平然と意見し、命令違反も厭《いと》わない。出世や保身なんて言葉とは無縁の捜査馬鹿だ。

優秀な刑事だが、上の者には嫌われがちだった。高木も例外ではない。

「南元さん、結城管理官に嫌われてましたからね……」

南元の横にいた細身の男が溜息交じりに言った。

南元と同じ所轄の刑事である伊崎真悟《いざきしんご》巡査は二十五歳。全体的に色素が薄く、美形と言って差し支えないが、意志の強い目とくたびれたスーツがその表現を裏切っている。熱血漢で正義感も強い、南元と同じ捜査馬鹿。この捜査本部内では、たぶん唯一、高木に好意的な視線を向けてくれる者だ。

伊崎とは仕事と関係のないところで仲よくなったため、仕事とは関係のないことをいろいろと知っている。伊崎が尊敬する先輩である南元に、特別な好意を持っていることも、それが先日めでたく成就したことも知っている。

南元と恋仲になった時の伊崎は、嬉《うれ》しさを隠しきれない子猫のようでとても可愛《かわい》かった。それに関しては、よかったなと素直に思えるのだが、相手には大いに不満があった。

「なるほどね。きみが提案したから、結城管理官は意固地になってその捜査を後回しにしたわけか……。困ったもんだ」

「まったくだ。いい歳《とし》したおっさんがガキみたいに」

南元に同意されてもまったく嬉しくない。

「どうせきみが癇《かん》に障《さわ》る言い方をしたんだろう？」

「俺は普通に言っただけだ」

「きみの普通は、普通の人には普通じゃないんだよ。いい加減、警察という組織を理解してもう少しうまく立ち回ったらどうなんだ？　いい歳なんだから」

「うまい立ち回りなんか知るか。それより……容疑者の名簿、見たか？」

南元がスッと表情を変えた。

「いや、今から……」

「鉄の結城がぶっ倒れるなんていうイレギュラーがなけりゃ、あんたがこの事件に関わることはなかったのにな」

南元らしくもない、持って回ったような言い方だった。その顔からはニヤニヤ笑いが消え、捜査中だけに見せる真剣な表情があった。高木も仕事モードに気持ちを切り替える。

「どういう意味だ？」

「被害者が経営してた洋菓子店、ひとつずつ店名が違うんだよ。面倒くせえことするよな。……まあ今んとこ、参考人のひとりってだけだ」

やっぱりはっきりとは言わずに背を向け、会議室を出ていった。

「大丈夫ですよ、たぶん」

伊崎は笑顔でフォローとも言えぬフォローを入れ、南元の跡を追っていく。

南元が言った容疑者名簿というのは、今まさに高木が開こうとしていた被害者に恨みを持つ者のリスト。アリバイが立証された者の名は棒線で消されている。

南元がなにを言いたかったのかは、すぐわかった。

『緑野《みどりの》篤士《あつし》。元・洋菓子店ユピテル勤務。パティシエ。三十歳』

その名前は探さなくても目に飛び込んでくる。高木にとっては特別な名前だった。

洋菓子店と聞いた時、彼のことを真っ先に思い出した。でも、いくらなんでもそんな偶然はないと打ち消し、店の名前を見て、やっぱり違う店じゃないかと安心した。のに……。

同じ経営者の洋菓子店なのに違う店名？　どんなフェイントだ、それは。

緑野篤士と会ったのは、ほんの二週間ほど前のこと。しかしその前に会ったのは十二年前、高校生の頃だった。

ずっと会いたくて。でも会えなくて。運命の再会を果たしたばかり。

——じゃあこれも運命？

いや、これはただの偶然だ。リストには二十人ほどの名前が列挙されていて、半分ほどが消されている。緑野はまだ消されてないが、近々消されるに違いない。

南元が思わせぶりな言い方をするからいけないのだ。

二週間前に緑野と再会した時、たまたま南元がそばにいた。久々に再会した友人だと知っているから、気を使って言葉を濁してくれたのか。でも伊崎ならともかく、あの男がそんな気遣いをするとは思えない。嫌がらせと考えるのが妥当だろう。

しかしその嫌がらせは通用しない。この事件の被害者が男なら多少不安になったかもしれないが、女なら緑野ではない。緑野は女を殴らない。殺すなんてありえないのだ。

だけど高木には違う不安があった。この事件のせいで潰れてしまった休みは、緑野に会いに行くために取ったものだった。不安を打ち消すために会って話をするつもりだったのに。

リストの名前を無意識に何度も指で擦《こす》って汚してしまう。消そうとしたのではなく、ただ撫《な》でただけ。

捜査に私情を交えないのは基本中の基本だ。自分にとってそれは容易《たやす》いことだと思っていた。でも今、緑野は事件とは関係ないと、確たる証拠もなしに決めつけている。これが私情でなくてなんなのか。

緑野と離れて身についた冷静さは、緑野を前にすると消えてしまう程度のものだった。冷え固まったと思っていた心は、その姿を見ただけで熱く溶け出し、簡単に揺れる。

高木は黒く汚れた名前を見つめ、深々と溜息をついた。

◆ 現況確認（再会）

遡《さかのぼ》ること二週間と少し。

高木は三ヶ森署でばったり会った伊崎を、美味《おい》しいアップルパイを食べに行こう、と誘った。

「え、今から、ですか?」

「そう、今から。イートインできるお店でね、パイはその場で食べるのが一番美味しいんだ。なにか予定がある?　事件解決して今日はもう帰っていいんだろう?」

「それはそうなんですけど……」

伊崎は言い淀《よど》み、背後へと目をやった。

「予定はあるに決まってるだろ。俺が見えないって、その目は節穴か?　節穴に眼鏡かけてんのか？」

伊崎の肩口から男がのそっと顔を突き出してきて、高木は仕方なくそのむさ苦しい顔に目を向けた。

「ああ、いたのか。趣味の悪い壁の模様かと思っていたよ」

「はあ⁉　やっぱ節穴か。俺と真悟はこれから甘ーいデートタイムなんだよ、甘ーいアップルパイとか食ってる場合じゃねえの。邪魔すんな」

そう言って南元は伊崎を腕の中に抱き寄せようとしたが、拒否される。

ここはまだ署内だ。刑事課からもほど近い廊下だ。南元は人目なんてまるで気にしないが、伊崎は常識的な男だし、ゲイだということに負い目を感じてもいる。職場でイチャイチャなんて大それたことができるはずもない。しかし南元の無神経さは伊崎の繊細さをはるかに凌駕《りょうが》しており、懲りずに引き寄せようとして、結果じゃれ合っているようなことになる。

「そんな予定なら問題ないな。行こうか、真悟」

南元の一切合切《いっさいがっさい》をスルーし、高木は伊崎の腕を引いた。

「てめえ……」

凶悪犯にも恐れられる南元の睨みを、高木は涼しい顔で受け止める。今も昔も、自分の周りには怖い顔の奴が多い、なんてことを思いながら。

「えーっと……じゃあ、みんなで一緒に行きましょう、か」

廊下で張り合う三十男を見比べ、伊崎は妥協案を提示した。

「まあ、しょうがないね。著しく景観を損なうけど。すごく邪魔だけど。しょうがない」

「はあ？　邪魔してんのはてめえだろうが」

「いいじゃないですか、南元さん。まだ時間も早いし。高木さんにはいろいろお世話になったし。美味しいアップルパイは俺も興味あります」

「世話になったっていっても……。ああもう、わかったよ、お供《とも》いたしますよ。よく女に付き合わされて行ったけど、ケーキ屋ってやつはどうも居心地が……」

南元はぐちぐちと言って、ハッと口を噤《つぐ》んだ。

「よく行ったんですか。すみません、男なのにケーキ屋なんかに付き合わせて。じゃあ高木さん、行きましょうか」

伊崎が浮かべた笑みは、南元の睨みなんかより数段恐ろしかった。

南元は己《おのれ》の失言に眉《まゆ》を寄せ、おとなしくついてくる。何度もこの手の失言をしているに違いない。女タラシだった過去と無神経が合わされば当然の結果、自業自得《じごうじとく》だ。

高木の車で洋菓子店へと向かう道中も、伊崎は助手席に座って高木にばかり話しかけた。

南元は後部座席でふて腐れている。伊崎は怒っているのではなく拗《す》ねているだけだろう。

「本当、可愛いなあ、真悟は」

脈絡もなく高木が言えば、伊崎はギョッとして、南元は素早く身を乗り出してきた。

「やらんぞ」

伊崎の首に腕を回して牽制《けんせい》してくる。

「僕がその気になってたら、真悟はきみのものにはなってないよ」

「ああ？　真悟のタイプは俺なんだから、あんたみたいのに落ちるわけがない」

「僕が本気になれば、タイプなんか関係ないよ。きみだって落とせるね」

「はあ？　ないない、それだけは死んでもない」

「僕だってきみなんか死んでもごめんだ」

まるで小学生のような言い合いに伊崎は呆《あき》れ顔になる。

「そういえば、高木さんのタイプってどんなのですか？　いつも可愛い子がいいとか言ってるけど、本気になってるのなんて見たことないし」

伊崎のマイペースな問いかけによって、幼稚な言い争いは遮られた。

キャリアも三十歳になれば、挨拶代わりのように「いい人はいないのか」と訊《たず》ねられる。いないと答えれば、見合い話を持ってこられて面倒なので、「いますけど、結婚はまだ……」と曖昧に答えるようにしている。しかし伊崎にそんな嘘《うそ》をつく必要はない。

「僕のタイプ？　さあ、自分でもよくわからないけど。時々遊んでくれる可愛い子がいれば、それで満足なんだよ」

「あーあー、お子ちゃまの回答だな。特定の相手と愛し愛されっていうのはいいぞー。いい歳なんだから落ち着いたらどうだ？」

南元は高木に言葉で喧嘩《けんか》を売ると、伊崎の首を指先でいやらしく撫で、伊崎を真っ赤にさせるなどという、挑発めいたことまでしてきた。仲のよさを見せつけたいのか。

赤くなる伊崎は可愛かったし、そういう関係も羨ましくないわけではないが、恋人が欲しいとまでは思わない。

「きみに言われたくないよ。つい先日まで女を取っ替え引っ替えしてたくせに」

二人はわりと最近恋人同士になったばかりで、その前までの南元は女に節操のないろくでなしだった。それが今や伊崎一筋、独占欲を隠しもしない。あの南元をそんなふうにした伊崎には賛辞を送りたい。が、南元に嫉妬を向けられるのは正直鬱陶しい。

伊崎とは、とあるバーで出会って以降、同じゲイという気安さからいろいろと相談にも乗った。女好きの南元に踏み込めずにいた伊崎の背中を押したこともある。南元には感謝してほしいくらいだ。

「取っ替え引っ替えじゃない。恋人が複数いただけだ。でも今は真悟だけでいい」

「恋人が複数いた、なんてことを堂々と言う馬鹿のどこがいいの、真悟？　趣味が悪いにもほどがある。なにもこんなの選ばなくても、バーではモテモテだったのに」

「た、高木さん！」

「いいだろ？　自分だけが女にもててました、みたいな顔してるのがムカつくんだよ。ちなみに僕は、男にも女にももてるけどねっ」

ちらりと横目に南元を見れば、横目で睨まれていた。結局、伊崎のことを抜きにしてもそりが合わないのだ、この男とは。しかも言い争いはなぜか低レベルになる。

こんな子供の喧嘩みたいなことは、もう長いことしていなかった。ずっとインテリぶって、大人《おとな》ぶって、好みのタイプどころか、本来の自分がどうだったかさえ忘れかけている。過去はなるべく思い出さないようにしてきたから。無意識に溜息が漏れた。

「俺、高木さんには幸せになってほしいです。本当。マジで」

伊崎はなにを思ったか、高木の顔を見てそんなことを言った。南元の目がまた剣呑《けんのん》に尖《とが》る。

「気持ちは嬉しいけどね。余計なお世話だよ。僕はエリートだし、今でも幸せだし、きみらのラブラブっぷりを見ても、一ミリも羨ましくないから」

前を向いてハンドルを切りながら言い返した。別に強がりなどではない。本当にそう思っている。憐《あわ》れまれるほど不幸ではないつもりだ。

「マジで好きな奴見つけたら、そんなこと言ってられなくなるって」

南元の悟ったような言葉にイラッとする。

「きみの言葉なんかまったく響かないよ。第二第三のマジな相手、なんて言い出しかねないからね。そんなこと言い出したら、不祥事でっち上げてでも島送りにしてやる」

それはもちろん伊崎のために。キッと睨みつければ、南元がフワッと笑った。

「言わねえよ」

自信満々。余裕綽《しゃくしゃく》々。その笑顔を目にした瞬間、胸の奥がキュッとなった。

南元に反応したのではない。違う顔の同じ表情がダブって、その時の感情がよみがえった。

男くさい優しげな顔、口角をクイッと持ち上げる笑み。しっかりした顎《あご》から首のラインも似ている気がする。

もうかなり昔の記憶なので、本当に似ているのかどうか定かではない。三十歳の南元と似ているなんて、十八歳だったあいつは怒るかもしれない。いや、そんなことくらいで怒るような奴ではないか……。

次々に懐かしい記憶がよみがえってきて、胸の中に小さな嵐が起こる。いいことばかりではない青春の記憶。でも楽しかった。最後のワンシーンを除けば。

「高木さん？」

黙り込んだ高木を見て、伊崎が心配そうに声をかけてくる。

「ああ、着いたよ。たぶんここだ」

ちょうど店の看板が見えて、ごまかすように微笑んだ。駐車場に車を入れる。

店はとても可愛らしかった。真っ赤な日よけと白い窓枠が特徴的な外観。緑の木々に囲まれ、なかなかメルヘンチック。言外に男連れお断りと言っている雰囲気がある。

それでも高木は強気で乗り込む。これくらいで怯《ひる》んでいてはスイーツの食べ歩きなんてできない。

ドアを開けるとカウベルが鳴り、カントリー調の店内は意外に落ち着いていた。レジとケーキのショーケース、焼き菓子などがディスプレイされた棚が一列に並び、その背後には小さな窓から厨房が見えた。外に面した窓際には丸テーブルが五つ。イートインスペースには客が三組いたが、すべて女性だった。

インテリスーツ男と、今時のイケメンスーツと、ワイルド系おっさんの三人組を見て、クスクス笑う。しかし高木は気にすることなく、ガラスのショーケースに突進した。

ショーケースの中には、色とりどりのケーキが並び、キラキラと宝石のように輝いていた。

「ああ、きれいだ……」

そう言う高木の瞳もキラキラと輝いていた。うっとり見とれる。そして苦悩する。

無類の甘いもの好きで、和洋どんな種類もいけるが、好みはわりと細かい。甘ったるくても、甘くなさすぎてもダメで、複雑な味よりシンプルな方がいい。そのさじ加減は自分で食べてみなくてはわからない。だから本音を言えば全部食べたい。でも選ばなくてはならない。

「高木さんって、甘いもの見るとすごく幸せそうな顔しますよね」

伊崎は横から高木の顔を見て苦笑する。

「真悟も好きだろう？　甘いもの。クッキーとか手作りしちゃうくらいだから」

にっこり笑って言い返すと、伊崎はちょっと嫌そうな顔をした。

男に抱かれる男がみな女っぽいわけではない。伊崎はきれいな顔をしているが、性格はかなり男らしく、菓子作りが趣味なんて恥ずかしいと思っている。

「俺は、甘いものは真悟と真悟のクッキーだけでいい」

南元は伊崎の肩を抱き、ラブラブオーラを垂れ流す。伊崎は迷惑そうな顔で南元を押しのけたが、頬《ほお》が緩んでいるのを高木は見逃さなかった。無論、南元も気づいただろう。南元の頬も緩んでいる。バカップルだ。

ショーケースの向こうでは、白いブラウスを着た若い女性店員が二人、曖昧な笑みを浮かべて注文を待っていた。場違いな上におかしな挙動の男たちに、どう対処していいものか計りかねているようだ。

「じゃ、とりあえずアップルパイをイートインで」

高木が告げると、店員は少し意外そうな顔をした。持ち帰りだと思っていたのだろう。南元もしつこく、持ち帰りでいいだろ、と言ってくる。

「店で食べるのがいいんだって言っただろう？　持ち帰りでは味が違うんだよ。きみにはわからないだろうけど。だから真悟だけでよかったんだ。きみは悪目立ちするから帰って」

「悪目立ちは俺だけじゃないだろ。野郎が雁首揃《がんくびそろ》えて……」

「僕と真悟だけなら悪目立ちじゃない。目立つけど、ちゃんと場の空気に馴染む。店の美観を損なうことなく、優雅なティータイムができる」

「なんだその自信は」

「客観的事実だよ」

フフンと笑えば南元は渋い顔になった。

「高木さんって、南元さんには厳しいですよね……」

伊崎が呆れたように言って、またやってしまったと我に返る。なぜこうも突っかかってしまうのか。

「なんかイライラするんだよ。上司を上司とも思ってないし、ズケズケ意見するし、なんか……似てるし」

「え？」

「いや、なんでもない。とにかく存在自体が僕をイライラさせるんだよ」

ひでえ、とぼやく南元見て、確かにひどい言いようだと内心反省する。半分くらいは八つ当たりだ。

体格やふとした表情が似ている、なんていうのは南元のせいではない。似てるのに、中身が全然違うのも南元のせいではない。思い出してしまうのが辛《つら》いなんて、南元の知ったことではない。わかっているのに態度を改めることができないのは、これがストレス発散のひとつになっているからだろう。

伊崎という唯一の弱みを握っているからこそ、他の上官たちのように、仕事中に南元を虐げて鬱憤を晴らす、なんてことをせずに済んでいる。

そして甘いものは心を潤してくれる。多少目の前の景観が悪いくらいは許容できる。

「おお、うまーい！」

きれいにデコレーションされたアップルパイを一口食べて、高木は思わず唸《うな》った。

ツヤツヤ光るパイ皮の間から見える飴色《あめいろ》のリンゴ。見た目から美味しそうだったが、味は期待以上だった。

「これぞ俺の好みのタイプ。皮はサクサク中しっとりで、リンゴはしっかり形が残って歯ごたえもあり、カラメルの苦みがリンゴの甘さと酸味も引き立ててるんだ。完璧」

二口目を食べて感想をまくし立てる。伊崎はやや引き気味に微笑み、南元は呆れ顔。

「あんたさ……そういうガキっぽいのと、ヘラヘラしてんのと、ムスッとしてんの、どれが素なわけ？」

南元がフォークを振り回すようにして問いかけてくる。

「僕がガキっぽい？　ヘラヘラって失礼な。ムスッとは……してるかもしれないけど」

幸せ気分に水を差されてムッとする。

「怒ったり興奮したりすると、すごくガキっぽくなるし、普段はヘラヘラ摑《つか》み所《どころ》ない感じで。ムスッとしてるのは、エリートの皮被《かぶ》ってる時だな」

「きみのその、人のこと見切ってますって感じ、本当イライラするよ。エリートの皮なんて被らなくても、俺はエリートだから！」

「時々、自分のこと俺って言うよな？　それが素なんだろ？」

「それは……」

「そういえば高木さん、酔っ払うと俺って言いますね。ガラも悪くなるし」

伊崎も楽しげに乗ってきて逃げ場を失う。

特に意識して使い分けているわけではないが、自分のことを僕と言うようになったのは、大学に進学してからで、それまでは俺だった。今の自分と昔の自分の境目は、わりとはっきりしている。

「あー、もしかしてあんた、真悟と同じか。元ヤンか⁉」

南元の鋭さにドキッとする。が、どうにか顔には出さなかった。

「お、俺は別に元ヤンじゃ……ないこともないですけど」

伊崎は咄嗟《とっさ》に言い返そうとして、もにょもにょと言葉を濁した。

「一人称とか過去のこととか、そんなのはどうでもいいじゃないか。今はこの美味しいアップルパイを堪能しよう」

高木は白い皿を恭しく掲げ持ち、テーブルに戻して三口目を口に入れた。

「逃げたな。元ヤン決定」

南元に断定されたが、否定はしなかった。ただ黙々と食べる。

若気の至りを誇るほど馬鹿じゃないし、やんちゃしてた、なんて言葉でごまかす気もない。過去、迷惑をかけた人に直接謝ることができるなら、どんなにか気が楽になるだろうと思う。でももうそれは叶《かな》わないから、今、人の役に立つことで償っているつもりだ。

しかしそんなことをわざわざ人に説明する気はない。

南元もそれ以上追及してはこなかった。さほどの興味もないのだろう。

アップルパイはどこか懐かしい味だった。食べた覚えがあるというわけではなくて、ほんわり温かい気持ちになるのが懐かしさに似ているのだ。

「ああ、うまい……」

しみじみ呟《つぶや》いた。

「確かに美味しいけど、俺はもっとシナモンが効いてる方が好きですね」

「俺はリンゴそのままの方がいい」

人の好みはそれぞれだ。百人が嫌いと言っても自分は好き。それは変えようがない。周りに流されて、好きなものを嫌いになるようなことはなかった。昔から。

高木はぺろりと食べてしまい、これなら他のケーキも期待できると、再びショーケースに向かった。

「俺、トイレ行ってきます」

伊崎も席を立ち、ムスッとした南元がひとりテーブルに残される。

高木はショーケースの中に夢中だった。ケーキたちは色も形も美しい。宝石なんかよりずっと魅力的だ。全種類買い占めたいが、金銭的よりも賞味期限的に無理がある。甘いものは好きだが、そんなに量を食べられるわけじゃない。

どれにしようか真剣に吟味していると、厨房から新たなプレートが運ばれてきた。載っているのはオペラ風の四角いケーキ。チョコレートの艶《つや》やかさに目を奪われる。

高木の熱い視線はケーキにのみ注がれ、それを持った人間が不自然に足を止めても、特に気にも留めなかった。

「すみません、それって中はなにが入って……」

問いながら、職人らしい白いコックコートを着た男の顔に目を向け、固まった。

一瞬、自分がなにを見ているのかわからなくなった。昔のことを思い出したりしたから、似た顔がそう見えてしまうのかと、穴が空くほどじっと見つめる。

でも、見間違えるわけがない。さっきまであんなに魅力的だったケーキが一瞬で色褪《いろあ》せる。

格好からして、男が菓子職人、つまりパティシエであるのは間違いなかったが、その言葉の響きと、自分の知る男とがまったく重ならなかった。

人を威嚇《いかく》しているようなキリリと濃い眉と鋭い目、不機嫌そうに引き結ばれた大きめの口。褐色の肌《はだ》も逞《たくま》しい体軀《たいく》も、土木の作業着やコンバットスーツ向きだった。コックコートは立派な胸の筋肉に押されてはち切れそうで、こういう体格には対応してないと訴えている。

コック帽の下に覗《のぞ》く黒髪。その硬い手ざわりを思い出し、胸板に触れた感触もよみがえってきて、指先が痺《しび》れたようになった。

基本的な風貌《ふうぼう》は高校生の頃と変わっていないが、受ける印象は少し変わったかもしれない。渋い男になった。男くささが増したのに、角は取れたような感じ。

同じガタイのいい強面《こわもて》でも、南元をワイルド系とするなら、この男は任俠《にんきょう》系。不器用ですから……とでも言いそうな感じだが、昔から手先は器用だった。ただ顔面は不器用で、今もたぶん驚いているのだろうが、睨んでいるようにしか見えない。しばし無言で見つめ合う。

口を開いたのは、女性店員が困惑顔でオロオロしているのに気づいたから。

「篤士……。おまえ、なにやってんの」

そんな馬鹿な問いかけをしてしまう。

「仕事だ」

男は表情も変えずに答え、手にしていたプレートをショーケースの中に納めた。その短すぎる答えを聞いて、ああ間違いない、これは自分の知ってる緑野篤士だと思った。

ぶっきらぼうで無口。こっちが一生懸命喋《しゃべ》っても、返ってくるのは一言、二言。

「そうだろうけど。愛想のなさは相変わらずだな。顔はおっさんになったのに」

改めて目が合うと、なぜか目が泳いでしまう。なんだか気恥ずかしい。

おっさんと言ったのも照れ隠しで、くたびれた感じはしなかった。昔より生き生きしているようにさえ見えるのは、着ているもののせいもあるだろう。昔はだらしない服装が多かったが、白いコックコートはピシッと糊《のり》が利いて清潔感がある。

「そっちもな」

「はあ？　俺がおっさん⁉　おまえより断然若いから」

「俺の方が半年若い」

「実年齢じゃねえよ。俺は見た目のこと言ってんの！」

そんなやり取りを見て、女性店員たちがクスッと笑った。後ろからもクスクスと笑い声が聞こえ、振り向けば女性客の視線を集めていた。南元は顎肘《あごひじ》を突き、こちらを観察するような目で見ている。

今のは我ながらガキっぽかった。南元にしろ緑野にしろ、同い年で身体《からだ》の大きい奴には突っかかりたくなる性分なのか。

「えーと、店員さん、そのチョコレートケーキの中身はなんですか⁉」

話題を元に戻し、やけっぱちで問いかけた。

「チョコスポンジとオレンジムースと柚子皮《ゆずがわ》の入ったゼリーを重ねて、ビターチョコでコーティング……って、おまえは好きだから食ってみろ」

緑野は職人らしく淡々と説明していたが、最後はクイッと口の端を上げて笑った。

それは客ではなく友人に向ける笑みで、一瞬で過去に引き戻される。普段が怒ったような顔だけに、ちょっと緩んだだけで印象がガラッと変わる。心臓が止まったようになる感覚を久しぶりに覚えた。

ドキッとして、ドキドキして、ほんのり頬が熱くなる。そんな自分が恥ずかしくて、

「食ってみろって、適当な店員だな」

ムッとした顔で言った。

周囲を見れば、緑野の横にいた女性店員も、背後にいた客たちも、ポーッとした顔で緑野のことを見ていた。高木の声で呪縛《じゅばく》が解けたように話し声が戻ってくる。

どうやらドキッとしたのは自分だけではなかったようだ。それにホッとしつつ、イラッとした。昔もよくこんな感情を抱いていたと思い出し、自分がなにも成長していないと感じる。

「じゃあ、パティシエのお勧めを五個、持ち帰りにしてください」

「五個……」

緑野はなにかを言いかけたが、ケーキを五個選ぶと、女性店員に箱詰めを頼んだ。

「あ、アップルパイはお客様、イートインで食べられましたよ?」

店員が気を利かせて言う。

「あ、いいです。入れておいてください」

高木は笑顔で促した。

「うまかっただろ?」

「まあな」

緑野の問いかけに素っ気なく返す。さっきまでの絶賛を聞いていた者なら笑ってしまうだろう。

緑野は呼ばれて厨房に戻っていき、高木もひとまず席に戻った。

「友達か？」

一部始終を見ていた南元は、特に茶化すでもなく問うてくる。

「高校の同級生だ。学校は違ってたけど」

「なるほど、元ヤン仲間か。あっちはまんまだな。ヤクザスーツでも着りゃ、一睨みでみんな避ける」

否定はできない。そこに伊崎がトイレから戻ってきた。

「え、高木さんの同級生がいるんですか？　見たかったな。見えます？」

南元から話を聞き、厨房が見える小さなガラス窓の中へと目を向けた。

「いや、見えないな。でも……本当にびっくりした。ヤクザにだけはなるなって、口を酸《す》っぱくして言ってたんだけど、よもやパティシエになってるとは……」

予想だにしなかったし、見てもなお信じ切れていない。パティシエって……。

「元ヤン確定。裏付けも取れた」

「うっせえ」

「エリートの皮剝《は》がれてるぞ。まあさっきから剝がれっぱなしだけどな」

南元にニヤニヤと指摘されても、返す言葉がなかった。

緑野と話した後でエリートに戻すのは難しい。一瞬で気持ちが高校生に戻ってしまった。

「あっ、あの人ですか⁉　確かに怖そうだけど、格好いいですね」

ガラスの向こうをずっと見ていた伊崎が言った。確認するまでもない。あんな面相のパティシエが何人もいるはずがない。

昔は格好いいより怖いが勝っていたが、それでも女にはもてた。今は五分五分くらいか。怖い顔を見慣れた伊崎には格好よく見えるのだろう。

「俺の方が格好いい」

南元が拗ねたように言った。伊崎が他の男を褒《ほ》めたのが気に入らないらしい。そんなどうでもいい主張に貸す耳はなく、高木は働く緑野に目を向ける。

若い職人になにか指示している様子は、それなりに責任ある立場に見えた。

いったい何年くらいここで働いているのか。すっかり落ち着いた大人の男の顔をしている。自分の知らない十二年がそこに横たわっていた。

今ではあの女性店員の方が、自分よりよほど緑野のことを知っているのだろう。

それでも、自分のために選んでくれたケーキは的確で、好みを忘れずにいてくれたことが嬉しかった。歳を取れば好みも多少は変わるけど、緑野にそれは言いたくなかった。

同じテーブルには、拗ねてもちっとも可愛くないおっさんと、南元さんは別格ですからと宥《なだ》めている若い男。それを横目に見て、高木は密かに溜息をついた。

別に羨ましくはない。この二人のことはまったく。

友達でいいのだ。友達なら、十二年の空白なんてなかったように元に戻れるだろう。胸の奥のチリチリする痛みなんて無視すればいいだけ。全部忘れてしまえばいいだけ。

しばしの物思いから戻ると、伊崎が頬を染めていて、南元に帰るぞと急《せ》かされる。

「はいはい、お邪魔様でした。まとめて払うから、先に車に戻ってて」

高木はレジで精算し、ケーキの箱を受け取った。

「あの……緑野さんとお友達なんですか？」

若い女性店員に話しかけられ、高木は愛想よく答える。

「うん。久しぶりに会ったんだけどね。あいつ、うまくやってる？」

「え、あ、はい」

「顔は怖いけど、優しい奴だから。女の子には特にね。って、知ってるかな」

緑野と歳下女性という組み合わせはピンと来ないが、歳上とばかり付き合っていたのは高校生の時のこと。三十にもなれば事情も変わる。好みも変わる。だけどきっと、優しい男だということは変わらない。

「いいえ。あんまり話をしないので。こんなに話すんだって、さっきびっくりしちゃって」

「ああ、基本的に無駄口を叩かない奴だから。話しかけたら話すんだけど、顔が怖いからみんな話しかけないんだよね。でも本当、優しい奴だから。叩いても蹴《け》っても怒らないよ」

ちょっとした優越感に駆られて余計なことまでペラペラ喋る。

「本当ですか!? あ、いい人かなとは思ってたんですけど。でも、緑野さんは……」

「でも?」

「あ、いいえ、なんでもないです」

なにを言いかけたのかとても気になったが、笑顔で引かれては無理に追及するわけにもいかない。

「あいつ、入ったばっかりなの?」

答えやすい質問に切り替えた。

「いいえ、私がまだ入って半年くらいで……緑野さんは確か、二年くらいいらっしゃるんだと思います」

「へえ、二年も……。じゃあまた来ます。ごちそうさま」

「はい、ぜひまた。お待ちしております」

にこやかな笑顔で送り出され、笑顔を返しながら、チラッと厨房に目を向けたが、緑野の姿は見えなかった。後ろ髪引かれる思いで車に戻ると、二人は後部座席にぴったりくっついて座っていた。南元に強引に連れ込まれたのだろうことは想像に難《かた》くない。これではまるで、社長と愛人、その運転手の図だ。

「これから真悟を誘うのは、きみたちが喧嘩した時か、別れそうな時にする」

助手席にケーキの箱を置き、エンジンをかけた。

「じゃあもう永遠にないな」

南元は伊崎の肩を抱き寄せて、自信満々に言ったが、

「いいや、すぐだね」

高木も自信満々に返した。

別れるかどうかはともかく、デリカシーが欠落している南元と、繊細で意地っ張りな伊崎が喧嘩しないなんてありえない。ぶつかって仲直りして、を繰り返すタイプのカップルだ。

他人のことはよく見える。だから、相談されれば冷静にアドバイスすることもできるが、自分のこととなるとからっきしだった。己にはできないことも、人には言える。

でも、誰だって多かれ少なかれそういうものだろう。恋愛の渦中にいるとなにも見えなくなって、自分の気持ちに振り回され、相手の心を見誤り、愚にもつかない過ちを犯す。若ければなおのこと――。

それを後悔してもしょうがない。終わったことにして忘れるのが互いのためだ。

男が男に恋をして、実る確率なんてほとんどない。相手がストレートだったら、恋心を自覚した瞬間に砕け散るのを覚悟する。それでも伊崎は足を踏み出して、今では女好きだった

男に鬱陶しいほど愛されている。

でもそんなのは奇跡だ。ずっと幸せでいてほしいけど、少し迷惑だとも思っている。自分にも奇跡が起こるんじゃ……なんて気持ちが芽生えてしまう。

滅多に起こらないからこそ奇跡なのだ。今そこに奇跡があるのなら、自分の元にやってくることはない。わかっている。

たぶん自分は、人の恋路を応援したり冷やかしたりしながら、恋愛とは縁のない仕事人生を歩んでいく。それでいいのだけど、できれば友達にはそばにいてほしいと思う。

「喧嘩といえば。あんたのお友達に喧嘩売られた気がしたんだけど。ガンつけられた」

恋人に向ける甘い声から一転、南元が低い声で思いがけないことを言った。

「は？　いつ？」

「あんたが喋ってる時。一瞬だけどな。たぶん連れだってのはわかってたんだと思うけど。喧嘩っぱやいタイプなのか？」

「勘違いだ。あいつは目つきが悪いだけ。喧嘩はよくしてたけど、自分から売ることはなかったよ」

「いいや、あれは敵意だったね。俺の野性がピンッと反応した」

「は？　恋愛ボケで野性も鈍ってるんだろ」

緑野が南元に敵意を向ける理由がない。顔や目つきで誤解されやすいが、緑野はできれば平和に生きたいと思っている人間だ。

因縁をつける南元をバックミラー越しに睨めば、南元は口元に嫌な笑みを浮かべていた。

「本当にあれ、友達か？　昔の男なんじゃねえの？」

軽い口調なのに、切れ味は鋭い。ズバリ斬り込んで相手の出方を窺《うかが》う。それは取り調べのプロの技。

「友達だ」

動揺を見透かされないよう短く返した。長い言い訳はやぶ蛇《へび》になりかねない。

「高木さんの好きなタイプは可愛い系ですよ。性格サクッとした後腐れない感じの。あの人は全然違うでしょう」

「後腐れないなんてそんなの、遊び相手のタイプだろ。本命は案外、真逆かもしれねえぞ」

南元がただ面白がって言ってるだけだということはわかるのだが、どんどん追い詰められている犯人の気分を味わう。

「遊びでも、好きじゃないタイプをわざわざ選ぶわけないだろ」

「のめり込みたくないから……ってのは、あるんじゃねえか？」

ドキッとした。そんなつもりはなかったのに、そうかもしれないと思った。自分でも気づかなかった深層心理。この鋭さが嫌なのだ。

「僕は自分より大きい男なんてごめんなんだよ。ほら、着いた。降りて降りて。もう邪魔しないから、思う存分いちゃいちゃすればいいよ」

動揺しながらも平静を装い、さっさと追い出す。これ以上追及されないように。

「なんで署に戻ってんだよ。家まで送れ」

「きみがどこに住んでるかなんて知らないし、知りたくもない。真悟は寮だろう？　歩いてすぐだ」

「寮でいちゃいちゃできるか。気が利かねえなあ、エリートは」

「高木さん、ごちそうさまでした。喧嘩したら連絡しますね」

ブチブチしつこく文句を言う南元を車外に押し出し、伊崎は笑顔で言って車を降りた。

「おい、喧嘩なんか……」

不満そうに言い返す南元の声は、ドアが閉められて聞こえなくなった。

口喧嘩もいちゃついているようにしか聞こえない。別に羨ましくなんかないぞとアクセルを踏み込んだ。自宅マンションに戻ってケーキを冷蔵庫に入れ、高木は少しだけ悩んで、再び洋菓子店へと足を向けた。

車は家に置いて歩く。たぶん二十分くらいはかかるだろうが、十二年会えなかった男との距離としてはあまりにも近い。歩ける範囲にいたなんて……。

もっとも、高木がこのマンションに越してきたのは半年ほど前で、家には寝に帰るだけ、周辺を探索するような暇はなかった。近くても会えなかったのは不思議なことではない。

しかし、甘いものの食べ歩きは高木の数少ない趣味だ。暇を見つけてはいろんな店を回っていたのに、緑野が二年もいたあの店には行かなかった。

それが運命だったというのなら、今日出会えたのだって、きっと運命だ。

洋菓子店の閉店時間までは一時間ほど。すぐに出てくるとは限らないが、なにも言わずに外で待つことにした。運命なら会える。信じて待つといえば聞こえはいいが、運を天に任せた逃げでもある。少し、怖いのだ。

本当は、なにがなんでもこの細い糸を摑んで次に繋《つな》げたい。でも緑野はなにも訊《き》いてこなかった。もう会いたくないいんじゃないのか、と思わずにいられない。

単に忙しかっただけかもしれないが、そもそも今までだって緑野が行方《ゆくえ》をくらましていただけで、高木はずっと携帯電話の番号も変えていないし、共通の友達ともたまに会っている。連絡を取ろうと思えばルートはいろいろとあったはずなのだ。

迷惑かもしれない。自分のことは思い出したくないのかもしれない。

待ち時間の思考は、どんどんネガティブな方向に落ちていって、逃げ出したくなる。

考えてもいいことはないとわかっていたから、今まで極力考えないようにしてきた。十二年間ずっと、前だけを向くことで目を背けてきた。

あの日。喜びと、興奮。そして深い傷。それを思えば、その後の十二年はなにもなかったにも等しい。心がまったく動かない日々だった。

「想？」

低く愛想のない声に心は揺り動かされる。久しぶりに名前を呼ばれた。たったそれだけのことなのに、鼓動が跳ねて走りはじめる。

「よっ」

怖がってることなんて悟らせない。笑顔で、昔と同じように。友達の顔をする。

嫌な記憶は過去に捨てた。振り返らない。未来には可能性があるはず。

「あれからずっと待ってたのか？」

緑野は少し驚いたようだったが、すぐに小さく笑った。それだけのことにホッとする。

Tシャツにジーンズ、黒いジャンパーを羽織《はお》っただけのシンプルな服装。それは自分の知っている、着るものに無頓着な緑野のままで、コックコートの時より近くに感じた。

さっきまでコック帽で見えなかった黒髪は、昔よりは少し長めだったが、それでもまだ短髪の範疇《はんちゅう》だ。体格はもしかしたら昔よりスリムになったかもしれない。

それでも十分逞しいし、私服だとパティシエには絶対に見えない。裏稼業の匂《にお》いがするのは顔つきのせいだろうか。

「一回帰ってケーキは置いてきた」

「そうか。外で待ってると伝言してくれれば、もっと早く出てきたのに」

「仕事の邪魔はしたくなかったし……気は長い方だからな」

「そうだったか？」

緑野は訝《いぶか》しげな顔をした。高校時代の自分がどうだったか、はっきりとはもう覚えていない。が、気は長くなかった気がする。

「大人になったんだよ」

「確かに、邪魔をしないなんて気遣い、昔のおまえにはなかったな」

「あったよ。俺はすごく気を使ってた！」

「へえ、それは全然気づかなかったな」

睨みつければ緑野はクスクスと笑った。そこにさっきの女性店員たちが通りかかって、笑う緑野を見て驚き、高木に会釈して去っていった。

「篤士、おまえは普段どれだけ無愛想なんだよ」

「別に無愛想なつもりはないが、おまえほど笑わせてくれる奴がいなくてな」

「笑わせたつもりはないんだけど。それより……飲みに行かないか？　家で待ってる人がいるとか？」

勇気を振り絞って訊ねた。

妻子がいてもまったく不思議ではない。同級生には子供が四人いる者だっている。結婚していても別にいいのだが、ショックを受けずにいられる自信はなかった。まるで、付き合ってくださいと告白をしたかのように、ドキドキして返事を待つ。

「いや。近くの居酒屋でいいか？」

「うん、どこでもいい」

いや、というのは、待ってる人などいない、ということでいいのか。いるけど気にしなくていい、ということなのか。口数が少なくて困る。

しかしあえて正解は求めず、歩き出した緑野と肩を並べた。

それだけで夜の街を徘徊《はいかい》していた高校生の気持ちを思い出す。親や世の中に不満いっぱいでグレていたはずなのに、緑野たちと出会ってからは、一緒にいるだけで楽しかった。

「タヌやカキとは会ってるのか？」

いつも一緒にいた二人の名前を出した。田沼《たぬま》と柿田《かきた》。緑野とは幼馴染みで、三人がつるんでいるところに高木が入り込んだ。

「いや」

「じゃあ今度、みんなで飲もう。タヌも近くにいるし、カキは地元にいるけど呼び出して」

「ああ」

なぜ緑野が連絡を絶ったのか。その理由を高木は知らない。思い当たることはあるが、それで田沼たちとまで連絡を絶つ必要はないはずだった。

会ってないというのは嘘かもしれないと思いながら、暴く気にはなれなかった。もし嘘だとしても、それは自分を気遣ってついてくれたものだろうから。

「妹は？　可愛かったよね、亜美《あみ》ちゃんだっけ。もうだいぶ大人になっただろうな」

「ああ。もうすぐ、結婚する」

「ええっ⁉　もうそんな歳か……。想くん格好いいって言ってくれてたのになあ」

「想くんは観賞用で結婚向きじゃないって当時から言ってたぞ。小学生だったのにな。我が妹ながら、見る目はあると思った」

「どういう意味だよ！」

笑いながら歩く。本当に昔に戻ったかのようだ。

高木がゲイだということを知っても、三人はなにも変わらなかった。海外で男と結婚式挙げるならひやかしに行ってやるぞ、なんてことを普通に言う。自分をありのまま受け入れてもらえていると感じて、それが嬉しかった。

「おまえと酒を飲むの、久しぶりだな」

「初めてってことにしとけよ」

なんでもやっちゃいけないことをやってみたいお年頃だったから、酒も煙草《たばこ》も、間違いもいっぱい犯した。誰にも誇れない過去だが、楽しくて、幸せだった。

間違いは緑野との間でもあったけど、もうそれをどうこう言う気はない。緑野が今目の前にいて、嫌そうじゃないから。それだけでいい。不都合なことは全部忘れたふりをする。

緑野が入ったのは、どこにでもあるような大衆居酒屋だった。

広い座敷の奥の角、座卓を挟んで向かい合って座る。再会に乾杯なんてことはせずに、ビールを飲みながら、差し障りのない近況などをだらだらと喋った。

「こういうとこは似合うよな、篤士。ケーキ屋より」

くすんだ板壁を背にして、片膝《かたひざ》を立てて座る。どこから見てもパティシエには見えない。

「おまえは似合わないな。ケーキ屋も似合ってなかったけど」

「え、ケーキ屋は似合ってただろ？」

「似合ってねえよ。ていうか、一回帰ったんなら着替えてこいよ」

スーツ姿は居酒屋の定番のはずだが、高木自身ケーキ屋よりも場違いな気はしていた。

普段、あまり居酒屋には行かない。誘われたら行くが、誘われること自体が少なく、自分から誘うのなら洒落たレストランやバーが多かった。特にそういう店が好きというわけではなく、そういうのが似合う人間になろうとしていた。

眼鏡をかけ、高級ブランドのスーツを着て、高そうな店に入って。上品そうに有能そうに見えるよう背伸びしてきた。変わらなくてはいけないという強迫観念みたいなものがあった。

それはエリートとして生きるため、だけではない。前を向いて生きていくために、違う自分になる必要があった。

上着を脱いで、ネクタイを緩め、胡座《あぐら》を掻《か》いてみる。少しだけ昔の自分に近づいて、たぶん場にも少し馴染んだ。

構えを取ればアルコールは進み、どんどん昔に戻っていく。どんどんガラが悪くなって、どんどんガキっぽくなる。

座卓に両肘を突き、いつもピンと伸びている背筋は蕩《とろ》けたように曲がって、マイペースに飲み続ける緑野を見上げるようにしてくだを巻く。

「なんでパティシエなんだ？　順当にいけばガテン系だろ？」

「まあ、いろいろあってな。いろいろうまくいかなくて……自分から一番遠そうなことをやってみた。俺からは遠いけど、……には近い……」

「は？　なにに近いって？」

周囲の喧騒にかき消され、緑野がボソッと言ったのが聞こえなかった。

「可愛い女に近い、って言ったんだよ」

そんな長いセンテンスではなかった気がしたのだが。

「はあ⁉　おまえまだもてる気かよ⁉　ていうか、おまえの趣味は歳上だったろ？　美人金持ち巨乳」

「そんな趣味はねえよ。あれは……養ってくれる優しい女たちの共通項だ」

「ああ……そっか。まあ、そっか……」

緑野は高校生の分際で、ヒモだった。男子高校生でも援助交際と言うのだろうか。いや、同棲《どうせい》もしていたのでやっぱりヒモか。

褒められたことではないが、それが緑野の生きる術《すべ》だった。当然のように親に養われていた高木に、まともな方法で金を稼げなんて偉そうなことは言えなかった。

「じゃあ、本当は可愛い子が好きなのか？」

そんなことは別に知りたくもないのに、成り行きで訊いてしまう。

視線を落とし、小鉢に入った牛すじの煮込みを意味もなくつつきながら。

「まあ、そうだな」

あっさり肯定されたのが意外で、顔を上げれば目が合った。

「じゃあ、あのレジにいた子とか、好み？」

「いや。俺の思う可愛いは、たぶん普通の人の可愛いとは違う」

「篤士くんは理想が高そうだよなあ。レジの子、けっこう可愛かったのに」

「理想ねえ……。ちなみにあのレジの子はおまえのことをしきりに褒めていた」

「まあね、僕だってもてるんだよ。無駄に」

エリート口調で自慢げに言えば、緑野は口元を歪《ゆが》めて皮肉っぽく笑った。

女性店員は緑野と話すきっかけに友達を褒めただけなのかもしれない。緑野が職場に馴染む一助になれたのならよかったが、あまり嬉しくはなかった。

緑野は大きな手で焼酎《しょうちゅう》のグラスを被せるようにして持ち、ロックであおる。十二年前とは違う。飲む姿がすっかりさまになっている。

アルコールに強いのは昔からで、酔っていても態度は変わらず、口数も大して増えない。

成人前のデータだが、そこは変わりないようだ。

「焼酎似合うな。パイとかケーキは似合わないけど。でも、顔に似合わず甘いもの好きだったよな」

「顔に似合わずは余計だ。それに、別に甘いものは好きでも嫌いでもない。おまえに連れ回されて食わされてただけだ」

「そうだっけ？　じゃあ篤士がパティシエになれたのは俺のおかげか」

「おかげっていうか……」

緑野はなにか言い返そうとしたが、高木の意識は緑野の指に吸い寄せられた。グラスから離れ、おしぼりで指先を拭く。顔に似合わぬきれいな指。指だけならプチフールも似合う。

またグラスに戻ろうとする指を、舞う蝶《ちょう》を捕まえるように摑んだ。その手を自分の目の前に引き寄せ、クンクンと匂いを嗅《か》ぐ。

「あー。篤士から甘い匂いがするって、なんか不思議だな」

その指からはバニラの匂いがした。顔を上げてヘラッと笑ってみせれば、緑野はキュッと眉を寄せ、高木の手をやや乱暴に振り払った。

「想、おまえ……そういうとこ、変わってねえな」

「ん？　……どういうとこ？」

高木は払いのけられたことに傷つき、少しばかり酔いが醒《さ》める。自分のしたことに今さら焦り、後悔した。いったいなにをしたんだ。

緑野は眉間《みけん》を指で押さえてうつむいている。深呼吸なのか溜息なのか、深く息を吐いた。頭痛を堪《こら》えるようなその仕草は昔もよく目にした。険しい顔は怒っているかのようだが、これは困っているのだ。

「おまえは時々、行動が猫っぽくなる。脈絡がないっていうか、脳直っていうか……。今のだってなんも考えてないだろ」

「猫？　俺が？」

確かになにも考えていなかったから触れた。今さら手が汗ばんでいる。意識してしまったら、なぜ触れたのか不思議なくらいだ。

「眼鏡かけていいスーツ着て、行儀よくお座りなんてしてたから、血統書付きの犬になったのかと油断した。おまえのその不意打ちに、俺はいつもやられるんだ」

「なんだよ。意味わかんないけど、犬の方がいいってことか？」

行儀よく座ってるエリートの方がいいということなのか。

「そういうわけじゃない。ただ、不意打ちは心臓に悪い」

「わかんないけどわかったよ。もう触りません。これでも職場じゃ賢くて従順な犬やってるんだ。おまえがそういうのがいいって言うなら、やってやる」

「いい。笑うから」

「は？　どっちなんだよ失礼だな」

「昔は犬派だったんだ。世話していた犬が、俺を見ると尻尾《しっぽ》振って駆け寄ってくるのが可愛くて。おまえのことも最初は犬みたいな奴だと思ってた」

街で緑野を見つけると、目を輝かせて近寄っていったような記憶はある。

「それは……最初は犬みたいで可愛いと思ってたけど勘違いで、時々猫みたいになるのが面倒くさかった……ってことか？」

「いや。面倒くさいなんて思ったことはない」

「じゃあなんで……」

俺を捨てたんだ？　と訊きそうになって、やめた。今さら蒸し返してもしょうがない。黙ってしまった高木を見て、緑野は口を開いた。

「おまえに振り回されるのは楽しかったよ。犬みたいでも猫みたいでも可愛かった。さすがに今はもう可愛いとは言えないけど」

後半は冗談めかして付け加えた。その軽い口調にホッとして、高木も便乗する。

「そりゃ、おまえと同い年なんだから。おまえなんて、可愛かったのは三十年前だろ？」

「生まれた直後だけかよ」

「生まれた直後だって怪しいな」

今はただ笑いながら気持ちよく酒を飲みたい。振り返って掘り起こすのはまだ早い。

「さっき、一緒に来てた男は、同僚か？」

緑野に問われ、南元の言葉を思い出した。ガンつけられたと言っていたが、目が合っただけだろう。

「部下だよ、同い年の。優秀な刑事だけど生意気で……昔なら殴ってたかも。まあ、勝てる気はしないけど」

「へえ、強いのか？」

対抗心のようなものがその目の奥に見えた気がした。喧嘩を自分から吹っかけることはなかったが、強い奴とやるのは嫌いじゃなかった。昔の緑野が垣間見えた気がしてちょっと嬉しくなる。

「強い。おまえといい勝負かも」

「そうか。でもまあ、俺はもう長いこと喧嘩はしてないし。現役の刑事には敵《かな》わねえよ」

「そんなことない！　……と思う。けど、そうだな。喧嘩なんてしないに越したことはないし、弱くていいんだよな」

なぜだか負けてほしくないと思ってしまった。でも勝つことに意味はない。

緑野はずっと「普通の生活」に焦がれていた。弱くなったというのは、拳の必要ない穏やかな生活が送れている証拠だろう。喜ぶべきことだ。

「ああ。俺は変わった。昔とは違う。おまえも、だろ？」

緑野の問いかけは、心の奥深くを探っているように聞こえた。

高木は眼鏡のブリッジを押し上げる。

「見ればわかるだろ？　変わったよ。……変わらなくちゃって、思ったからな」

笑いながらなんでもないことのように言ってみせた。

キャリアになるためには不良少年のままではいられなかった。変わったのはそれだけが理由ではないが、緑野には言える理由はそれだけだ。眼鏡もスーツも、手っ取り早くわかりやすい変身アイテム。以前とは違う自分を必死で磨いた。

ゲイであることは変えようもないけど、それすら変えたかった。そしたら会ってくれるんじゃないかと思って……。

「そうか。あの男は恋人か？」

「は⁉　なんでそうなる。あんなの冗談じゃない。あいつは恋人いるし、俺の趣味じゃないってわかるだろ？」

「好みのタイプは可愛い子、だっけ？」

「そうだよ。おまえ好みの可愛い子とは性別が違うから競合はしない。安心しろ」

ゲイだけどおまえは趣味じゃないから安心しろ——高校生の時はずっとそう言っていた。

友達関係を維持するために。でも、破綻した。

もう一度。今度はもっとうまくやれるはずだ。

「本当に？」

緑野の問いの意味がわからなかった。なにを疑われたのか。

「は？」

「いや。……それよりおまえ、ちゃんと警察官やってるのか？　警察に捕まらない悪知恵と逃げ足はプロ級だったけど」

緑野は強引に話題を変えた。少し進んでは軌道修正する。安全な方向を手探りしているのはお互い様だ。

「だからいいんだろ。逃げる奴の気持ちがわかるから捕まえられるんだよ。無駄な寄り道じゃなかった……ってことにして、今は全力でエリート警察官をやっている」

「まあ、おまえは言うほど大した悪さはしてなかったけどな」

「してたよ、いろいろ……」

「でも、ちゃんと目指してたものになれたんだよな。よかった」

緑野は心からホッとしたように言った。心配してくれていたのだろうか。

「おまえも、ヤクザになってなくてよかったよ」

茶化したのはなんだか照れくさかったから。

「誘いはあったけどな。おまえの怒った顔が浮かんで、丁重にお断りした」

「そっか……よかった」

自分の顔を思い出してくれたというだけで胸がいっぱいになる。嬉しくなって笑みを向ければ、緑野は目を泳がせて、手元に視線を落とした。

「俺が決定的に道を踏み外さなかったのは、おまえのおかげだ。感謝してる」

「なんだよ、どうしたんだよ、気持ち悪いな」

「そうだな。もう二度と言わねえよ」

いや、やっぱり言え、などとふざけ合う。感謝なんて伝えられたら、もう会わないつもりなんじゃないかと穿《うが》ってしまう。緑野はこの再会を一回だけの奇跡にして、友達に戻るつもりはないいんじゃないかと。

不安になるほど酒に手が伸びた。アルコールに特別弱いわけじゃないが、強いと言えるほどではない。だから飲めば普通に酔っ払う。

「おまえは、俺と会いたくなかったんだろ……?」

高木は会話の間にボソッと問いかけた。酔ったことで心の枷《かせ》が少し緩んだ。

「そんなわけないだろ」

その返事にホッとして、でも目を見てくれないことが不満だった。それは本心なのか、優しさなのか。

緑野という男は顔に似合わず優しい。顔に似合わず、なんでも我慢してしまう傾向がある。

自分を殺して周りが生きるのであれば、平然とそうしようとする。

「どこでなにしてたんだよ」

過去のことに言及されたくないのは感じたけど、訊かずにいられなかった。

それでも、なぜ突然消えたのかを訊く勇気はまだなかった。おまえの顔を見たくなかったから、なんてことは、たぶん言わないだろうけど。それが真実ならなおさら。

緑野には好かれていると思っていた。もちろん友達として。それは絶対の自信で、信頼だった。なにがあっても友情は続くものだと思っていた。

だけど連絡が取れなくなって、自信はどんどん削られて、信頼は疑念に浸食された。

嫌われたのか？　もしかしたらずっと嫌われていたのか？

人と近づくことが怖くなった。一流大学の学生とはそもそもそりが合わなかったが、上《うわ》っ面《つら》の付き合いで凌《しの》いだ。誰にも心を開くことはなかった。

それはエリート修行としては有効だったかもしれない。入庁した時にはごく自然に、クールに取り澄ましたエリートの顔になっていた。

「まあ、いろいろと……。悪かったな、連絡もしないで」

「悪かったなんて、本気で思ってるのか？」

「思ってる。悪かった」

こういう時ばかり目を見て言う。

いったいなにがあったのか、本当に切実に知りたいのだが、緑野の顔を見て諦めた。これは絶対に話さないと決めている顔だ。話したくないのか、話せないのかはわからないが、怒鳴ろうと脅そうと、理詰めでも情に訴えても、無駄な努力に終わることは、過去に何度も試みた経験からわかる。たぶんこういう根本的なところは変わらない。

いつかきっと自分から話してくれる。いつか——。

「本当に悪かったと思ってるんなら……奢《おご》れ」

責められるのを待っているような緑野の顔を睨み、命令口調で言った。居丈高な命令口調は今や得意技。しかしこんな間抜けな命令をしたことはない。

「想、おまえは……」

緑野が一瞬泣きそうな顔をしたように見えた。じっと見つめて、フッと笑う。鋭い瞳に優しげな光が浮かんで、高木は胸が熱くなった。

緑野といると心がグラグラ揺れる。熱くなったり冷たくなったり忙しい。生きている感じがする。

「わかった、奢る」

「財布が空になるまで飲んでやるからな、覚悟しろ」

高木はジョッキを掲げて宣言した。

緑野はたかられているというのにホッとしているように見えた。

嫌われているわけではない。たぶん。嫌われたくないと緑野も思っている。たぶん。

「財布出せよ、篤士。いくら入ってんの？　お、けっこう入ってるじゃん。あ、ハイボールください！　焼き鳥も追加で！」

久しぶりに素の自分に戻って緑野に絡む。緑野は言葉少なに、しかし緑野にしては饒舌《じょうぜつ》に答え、杯を進めた。飲むほどに気が緩み、忘れたいことは忘れて、少年の頃に戻る。どつき合って笑い合って、時間を忘れた。

だけど終わりの時間は必ずやってくる。

「ごちそうさまでーす」

緑野に肩を借りて店を出た。

「おまえ、家どこだ？」

「俺の家？　嫌だ、俺はおまえんちに行く！」

「は？」

「おまえに拒否権はなーい」

高木はもう触らないと言った緑野の身体に思い切り寄りかかり、なおかつ肩を抱き寄せて甘えたように言った。

「拒否権っていうか……」

緑野は顔を逸らして溜息をついた。緑野もたいがい飲んでいたが、酔っているようには見えない。高木の腰《こし》をしっかり支えて、仕方なくというふうに歩き出す。

その足取りがおかしいことには酔った高木でも気づいた。時々、変なふうに足を引きずる。それが二度、三度。

「おまえ、なんかちょっと歩き方おかしくない？　怪我《けが》してるのか？　酔ってる？　あ、俺が重い⁉」

酔っているなりに気を使って離れようとしたが、酔いは足にきていた。よろけて転びそうになった腰を再び引き寄せられる。

「おまえなんか重くねえよ。足は……ちょっと酔ってるのかもな」

緑野は優しい。優しかった。愛想はないけど、自分の周りの人間には甘すぎるくらいに甘くて、護《まも》ることが自分の義務だと思っているかのようだった。

腰に回された腕の力強さが、酔い以上に心を蕩けさせる。

「そっか。じゃあ酔っ払い同士、持ちつ持たれつ仲よくしようぜー。俺は今夜、篤士んちに泊まりまーす」

緑野の肩を抱いてバンバン叩き、子供みたいにはしゃぐ。普段のエリート然と澄ました高木だけしか知らない者が見たら、目を疑うだろう。同一人物だとはとても思えない。

「想……どうなっても知らんぞ、俺は……」

緑野は重い溜息をついたが、高木の心に、嫌われるかもしれない、という不安は湧かなかった。酔いが心を昔に戻していたから。緑野にならどんなわがままも言えた、昔の自分に。タクシーに乗せられ、近くてすみません、という緑野の声を聞いた。しかしそこからの記憶はない。逞しくて温かい緑野の肩と腕の感触だけが頬に残っていた。

朝日が眩《まぶ》しい。横を向いて目を開ければ、白いシーツに光が反射して輝いていた。色褪せた畳の向こうに板の間。キッチンというよりは台所といった風情の流し台。その手前にごつい後ろ姿。

何度も夢に見た姿だった。光を浴びて、まるで夢の中にいるようだが、夢ではない――はずだ。

「篤士……」

名を呼べば、振り返ってチラッとこちらを見た。ニコリともしない。大きな手に握られた包丁が凶器に見える。

間違いない。これは緑野篤士だ。

「想、朝飯食うだろ?」

可愛げの欠片《かけら》もない、ぶっきらぼうな低音。そんな声を聞いて幸せでいっぱいになる。

「うん、食べる」

身体を起こせば、若干の頭痛と気持ち悪さを覚えたが、食べないという選択肢はなかった。緑野は料理も上手《じょうず》で、板前になれと言ったこともあったくらいだ。板前なら緑野の容姿や雰囲気にも合っている。

「なんでパティシエなんだ？」

「おまえそれ、昨夜《ゆうべ》も訊いたぞ」

「そうだっけ？　ごめん、覚えてない」

たぶんいろいろ記憶から抜け落ちている。もったいない。

「だろうな」

緑野は笑って、布団《ふとん》の横の座卓の上に皿を並べていく。

卵焼き、焼き鮭《ざけ》、ほうれん草のおひたし。味噌汁と白ご飯。朝ご飯らしい朝ご飯は、かつての高木家のメニューを見るかのようだった。

父は朝食に関しては古風な人で、朝ご飯はこれと決まっていた。母は献立を考えなくていいから楽だと笑って、息子《むすこ》だけがパンが食べたいとごねていた。

そんな幸せだった朝を思い出す。

緑野は過去に一度だけこの朝食を見たことがあるはずだが、覚えているとはとても思えなかった。朝食メニューとしてはポピュラーなので、偶然の一致だろう。

「おー、うまそう。おまえすごいな。いただきます」

手を合わせ、ひとつ食べては褒める高木を、緑野はしばし見つめていた。

「ケーキ屋のショーケースを覗き込むと、みんな笑うんだよ。すごく楽しそうに。幸せそうに。それがすげえなと思った」

なぜパティシエになったのか、という問いの答えなのだろう。

「いいよなあ。あのショーケースの中は。キラッキラしてて。幸せが詰まってるよなあ」

思い出しただけで口元が緩む。なぜ甘いものというのはあんなにも人を魅了するのか。ショーケースの前に立っている時が一番幸せかもしれない、というくらい好きだ。

思い出して頬を緩める高木を見て、緑野も頬を緩めた。

「そういう顔が見たかったんだ」

「ん？」

聞き取れなくて訊き返したが、緑野はただ微笑むだけで言い直してはくれなかった。それでも高木は、そこに緑野がいるだけで幸せで、なにも不満はなかった。

「おまえ、やっぱりあれは伊達《だて》か？」

緑野がキャビネットの上を指さして言った。そこには畳んだ黒縁眼鏡がある。

「あ、いや……一応、度は入ってる」

「でも見えるんだろ。なくても」

「見えなくはない」

本当は面白がっているような緑野の表情までよく見えている。

ゆっくり噛みしめて食べたが、終わりの時間はやってくる。幸せは長くは続かない。

少しでも長く居座りたかったが、遅刻もしたくない。出世に響くから、ということではなく、そういう情けないのは嫌なのだ。刑事たちはみなどんなに遅くまで捜査しても、朝の会議にはちゃんと出席する。

「……帰る」

行きたくないと訴える心に鞭《むち》打って、椅子《いす》の背にかけられていた上着を手に取り、玄関で靴を履いた。振り返り、目の前に立っている緑野の顔を見る。

「篤士、えーと……」

また会ってくれるか、なんて訊くのは他人行儀でなんだか恥ずかしい。店に行けばまた会える。その時にまた誘えばいいだけだ。

「これ、俺の電話番号。おまえが……気が向いたら電話してこい」

緑野が差し出した紙片を、高木は満面の笑みで受け取った。

「うん。……気が向いたらな」

格好つけてそんな言葉を吐いたが、表情が一致していない。どこからどう見ても、絶対電話する！　という顔をしているはずだ。

「頑張れよ、エリート」

直接顔に眼鏡をかけられて、ドキッとする。

「お、おまえもな、パティシエ」

よりはっきりと優しい笑みが見えて、エリートの表情に戻るのにかなりの時間を要した。


翌日、捜査本部が立ったのは、滅多に殺人事件など起こることもない郊外の警察署だった。遠いところには若いのを飛ばせ、というのは暗黙の了解で、当然のように高木が飛ばされた。それはかまわない。家族はいないし体力もある。いつもなら、はいはいと臨場するところだが、今回ばかりは少し不満だった。

事件に関わっている時、高木は他の刑事たち同様に、捜査本部が立っている警察署に寝泊まりする。いつ何時《なんどき》状況が変わるかわからないし、夜は遅く朝は早いので、睡眠時間を確保するためにも泊まった方が効率的なのだ。特に今回は、家まで車で一時間もかかるような場所なので、事件解決まで帰ることはないだろう。

どこででも寝られるし、家に愛着があるわけでもないので、泊まり込みはいいのだが、これでは緑野に電話ができない。いや、電話する時間くらいあるが、口実がないのだ。

事件がいつ解決するかなんて誰にもわからない。飲みに誘う以外にどんな理由で電話すればいいのか。声が聞きたくて……なんて、そんな彼女みたいなことは言えない。

この事件が解決したら緑野に電話する。そう決めたら、やる気はいつもの五割増し。やることは同じでも気迫が違う。いつもの淡々と事を進める高木を知っている本庁の人間は、ピリピリした高木に怪訝《けげん》な顔をしていた。

しかし、管理官が焦っても事件解決が早まるわけではない。いつもの調子の方が頭は冴《さ》えていたかもしれないと、終わってから思った。

二週間で事件は解決。高木はいそいそと携帯電話を取り出し、登録だけは早々にしていた名前を選び、通話ボタンを押した。

ドキドキする。すぐにでもかけたかったから、やっと……という気分だが、友達を飲みに誘うにはちょうどいいくらいのインターバルだったかもしれない。

だけど電話は繋がらなかった。折り返しの電話もなかった。時間を置いて三回かけてみたけど緑野が電話に出ることはなく、四回目はさすがに躊躇《ちゅうちょ》した。

出ないつもりなのだろうか？　いや忙しいだけかもしれない。しかし折り返しの電話もないというのは緑野らしくない気がする。三回目は留守番電話にメッセージも残したから、聞けば電話の相手が自分だということはわかるはずだ。

葛藤はどんどんネガティブな方向に転がっていく。

もしかして、自分に番号を渡したことを後悔している……？

ネガティブの終着点に到達し、電話することが怖くなった。

他の友達なら、自分の電話に出ないとは何事だと、容赦なく何度でもかけまくるだろう。でも、緑野は……。

嫌われたのかもしれない——と思うと、指すら動かなくなる。緑野だけに発生する強い恐怖心。黙って消えられたことは、無自覚のうちに根深いトラウマになっていたのか。

でも、ここで諦めたらまた会えなくなってしまう。それがなによりも怖かった。

「よし、店に行ってみよう」

電話ではなく、直接店に向かった。

顔を合わせるのは少し怖くて、店に入ってもショーケースには目もくれず、小窓の向こうの厨房をソワソワと覗いた。そこに目立つはずの大柄の男は見えなかった。休みか、休憩か、見えないところで作業しているのか。

「あの、緑野は今日休みですか？」

アップルパイを買って、会計の時に訊ねれば、レジを打つ女性の表情が曇った。

「あ、緑野さんは……辞めました」

「え⁉　いつ？」

「二週間くらい前……です」

自分と会ってすぐではないか。

「なぜ辞めたんですか？」

辞めるなんて言ってなかった。そんな素振りもなかった。パティシエという仕事を気に入っている様子だったのに。

「さ、さあ……私は詳しくは」

女性店員は目を泳がせた。どうも様子がおかしい。先日の店員とは違う女性で、自分と緑野が友達だということは知らないのだから、辞めた理由を教えないのは当然の対応だ。しかし、その表情と口調から、知っているけど言えない、もしくは言うなと言われている、のだと感じ取れた。あまりいい辞め方ではなさそうだ。

店の雰囲気も前に来た時とは微妙に違う気がする。しかし前回は突然の再会に舞い上がっていたので、正確な比較とはいえない。

「ありがとう」

車の中からもう一度緑野に電話をかけてみたが、やっぱり出なかった。

思えば、この時すでに事件は起きていたのだ。

オーナーが殺され、三日間は系列の他の店も休業していたらしい。高木が行ったのは四日目。営業を再開したばかりの日だった。

従業員に落ち着きがなかったのも無理はない。殺人事件で知っている人が殺されるなんて、滅多にあることではない。

買って帰ったアップルパイも味が違うように感じられたのはそのせいか。同じ材料、同じ作り方のはずなのに、なぜかよそよそしい味がした。作り手が違ったせいかと思ったが、同じ店の商品が作る人によって味が違うなんてことはないだろう。事件の動揺が味に出ていたのか。食べる側の気持ちの問題か。

しかしこの時の高木には、緑野と連絡が取れないということだけが事件だった。電話もダメ、店もダメとなれば、もう家に突撃するしかない。酔っ払って気が大きくなっている時に押しかけておいてよかったとしみじみ思った。

翌日、事務処理をすべて超スピードで済ませ、休暇をもぎ取った。ずっと働きづめだったため、あっさり三連休が承認された。三日あればなんとかなるだろう。

と、思っていた翌朝。電話一本で休暇が消えた。

高木にとっては大事件でも、公務の前には些事《さじ》でしかなく、渋々行った捜査会議。湧かないやる気を無理矢理ひねり出したところで、思いがけず目にしたその名前。

とんだイレギュラーだったが、予定通り三日の内に緑野に会うことはできた。

場所は警察署の取調室。酒も甘いものも甘いムードもまったくない場所だった。

◇　事情聴取

事件現場を見るのは基本中の基本である。会議室に詰めているだけではなにもわからない。高木は所轄の若い刑事を案内役兼運転手にして、殺害現場の洋菓子店「ウェヌス」へと向かった。

後部座席に座り、腕を組んで窓の外に目を向ける。事件の概要や捜査の進捗状況はもうすべて頭に入っていた。

ウェヌスにはわりと最近、一度行ったことがあった。もちろんプライベートで、客として。チョコレートは美味しかったが、もう一度行こうとまでは思わなかった。

オーナーが同じでも、緑野が働いていた洋菓子店「ユピテル」とは、店の趣がまったく違う。ウェヌスはチョコレートを主力にした高級店、ユピテルはカジュアルなケーキやアップルパイを売りにした庶民的な店で、表向き関連があるようには見えない。

オーナーがチェーン店は安っぽいと嫌って、そういう展開をしていたらしい。しかし食材資材などの仕入れは共通。ホームページを見れば、同じグループの店だということはわかる。

そのホームページには大きくオーナーの写真が掲載され、それぞれパティシエ長の得意分野を活《い》かした店作りをしていると書かれてはいたが、パティシエ長の紹介はなかった。

しかし聞き込みにより、一年ほど前からユピテルのパティシエ長が緑野だったことは判明している。

そんな店の軸になっていた男が、なぜ突然辞めたのか——。

時期が自分と会った直後だと聞いて、まさか自分が来たからいなくなったのかと疑ったが、さすがにそれは自意識過剰だった。オーナーに辞めさせられたらしい。

そのせいで緑野は容疑者リストに名を連ねることになった。パティシエ長を辞めさせるなんてよほどのことがあったのだろうと推測されるが、その理由はわかっていない。

事情聴取に行った刑事の問いかけに対し、緑野は「さあ」と答えたらしい。もちろん刑事は突っ込んで訊いたが、緑野は答えなかった。

他の従業員たちの証言によって、男女関係のもつれが原因である可能性が浮上した。複数の人間が、オーナーと緑野は親密な関係だった、と証言している。

もうそれを聞いただけで、高木は暗い気持ちになった。

緑野が歳上の女性好きだったことは高木も承知している。でもそれは昔のことだと緑野に聞いたばかりだ。援助してくれる女性だから必然的に歳上だっただけで、本来は可愛いのが好きだ、なんてことを言っていたのに。

やっぱり可愛い子と付き合おう、と別れを切り出した結果、クビになったとか？

どんな理由であったにしろ、緑野が辞めさせないでと食い下がる姿は想像できない。

それにオーナーが殺されたのは、緑野がクビになって二週間近くも経ってからだ。そもそも緑野は、女に手を上げない。相手がどんなに下衆《げす》な女でも、殴られても蹴られても罵声を浴びせられても、決してやり返さなかった。呆れるほど我慢強いのだ。

もちろんそれは十二年前の緑野で、今のことは知らないが、そこが変わっているとは思えなかった。

捜査に私情を持ち込まないのは鉄則だが、情を抜けばそれは貴重なデータとなる。自分だけが知る緑野の私的データ。それはすべて緑野は殺人犯ではないと告げていた。

「ウェヌス」の看板が見えて、車は駐車場に入った。

チョコレート色の壁に金のゴシック文字で店名が書かれ、差し色はモスグリーン。外観はシックで飾り気がない。ショーケースも宝石店のもののように、上から覗き込むタイプで、全体的に高級感があった。

このショーケースに以前は小さなチョコレートが黒い宝石のように並んでいた。空のショーケースはガランと寂しい。

カウンターの背後には、ずらりとトロフィーや盾などが並んでいる。お菓子の品評会やパティシエの大会などで受賞したもので、それを受け取った時のオーナーの写真も一緒に飾られていた。

写真の中の女性はきれいに着飾って、嬉しそうというよりは、当然でしょという顔をしている。受賞したパティシエと写ったものはひとつもなかった。

オーナーの中橋という女性は、自分の容姿に自信があったのだろう。美人といって差し支えない顔だが、性格のきつさがにじみ出していて、高木としてはできれば敬遠したいタイプだった。

この女性を可愛いと思えるのであれば、緑野の言う可愛いは確かに普通とは違う。これを可愛いと思えるのなら、今の自分だって可愛いと思ってもらえるかもしれない。

なんてことを思ってしまって、自分に溜息をつく。私情が入りまくりだ。

盾、写真、トロフィー、写真と、すべて対になってディスプレイされていたが、端っこのひとつだけ写真が余っている。対になるべきトロフィーがない。一番端なので落ちたのかと床を見回したが、それらしいものは見当たらなかった。

案内役の若い刑事が厨房へと続くドアを開け、高木を中にいざなう。

ここの厨房は売り場からは見えないクローズな作りになっている。出入り口も通常はドアがきちんと閉められているらしい。チョコレートは温度管理が厳密だからかもしれない。

入ってなにより目につくのは、中央にあるステンレスの大きな作業台だった。

「足元、気をつけてください」

言われて下を見れば、入ってすぐの緑色の床にステンレスのゴミ箱が倒れていた。

「この辺りで殴られて、被害者は倒れて手を突いたようで、床に血のついた指紋が残っていました。そして起き上がって、テーブル伝いに歩き、ここの角のところに座り込んで意識を失い、そのまま亡くなったようです」

ゴミ箱の横を過ぎ、作業台の上に残る血液指紋を辿って角を曲がり、裏口に近い作業台の下を指さした。白く囲ってあるそこが息を引き取った場所。高木は黙って手を合わせた。

「左側頭部を殴られ、そこを手で押さえた時に自分の血液が指に付着。血液指紋には自重がかかっており、自ら起き上がってひとりで歩いたものと推測されます。出入り口ドアの指紋は拭き取られており、凶器は見つかっていません」

殴られた頭部の出血は大したことなかった。外から見れば小さな傷。しかし内側に出血して硬膜の下に溜まり、血液が脳を圧迫、意識を失ってそのまま亡くなった。

床は終業後に清掃されていたが、被害者のヒールの跡の他に、スニーカーの跡が複数残されていて、どれが犯人のものかは特定されていない。

被害者を殴ってすぐに逃走したのなら、殺したとは思っていなかった可能性もある。しかしドアノブの指紋は拭き取られていた。その冷静さはあっても、死亡を確認する冷静さはなかったのか。倒れて起き上がるまでにブランクがあり、殺したと思い込んだのかもしれない。慌てていたのか、落ち着いていたのか、少しちぐはぐな印象のある現場だった。

逃走経路などを想定して現場周辺も見て回り、署に戻って遺留品の確認をする。被害者の着衣、持ち物。現場に落ちていた関係があるのかないのかわからぬ小物たち。

高木はその中のひとつを見て息を呑んだ。心臓が止まるかと思った。

「あ、それ、裏口の外に落ちてたんです。木の陰になって見つけにくいところに。俺が見つけたんです」

若い刑事は誇らしげに言った。褒めてほしい子犬のような顔。しかし高木に褒める余裕なんてなかった。ビニール袋に入れられたそれを手に取り、じっと見つめる。

「それ、なんでしょうね。狸《たぬき》……狐《きつね》かな？」

「熊だよ」

「えー、熊はないでしょう、熊は」

そう言った刑事を高木は無言で冷たく睨みつける。刑事はなぜ睨まれたのかもわからぬまま、背筋を伸ばして一歩下がった。

これは誰がなんと言おうと熊なのだ。木彫りの熊のキーホルダー。作った本人が言うのだから間違いない。渡した相手も狸だとか狐だとか言っていたけど、熊なのだ。

「これから指紋は？」

近くにいた鑑識の人間に確認する。

「いえ、採取できませんでした。でもたぶん、落とされたのは事件当日だと思われます。事件の日の朝、雨が降ったんですが、濡《ぬ》れた形跡もなくきれいでした。しかし落ちていた場所は殺害現場から少し離れていたので、犯人の遺留品と特定することはできません。量産品だとは思えませんが、製造元など探りますか？」

「いや。そんな無駄なことはしなくていい」

よりにもよって、なんでこんなものをそんな紛らわしいところに落としたのか……。

自分が作ったものだなんて言いたくない。誰にあげたのかも言いたくない。

でも……ずっと持っていてくれたのかと思うと、そんな場合ではないのに、胸が熱くなった。嬉しくてモゾモゾしてしまう。

しかし本当にそんな場合ではない。そこに当日落としたとなれば、緑野の容疑は濃くなる。

今のところ目撃者はなく、裏口につけられていた防犯カメラは作動していなかった。時間外には切るようになっていたらしい。なぜ防犯カメラを切るのか意味がわからない。

どうやら盗難など外部からの侵入を見張るためではなく、従業員の動向を見張るためにつけていたらしい。防犯ではなく監視カメラ。自分で自分の首を絞めたようなものだ。

被害者は従業員も信じていなかった。被害者に恨みを持つ者のリストには名前が増え続けた。しかし、アリバイが証明されて消される名前もある。

緑野は「居酒屋にいた」とアリバイを証言していたが、居酒屋には防犯カメラがなく、従業員は目立つはずの緑野を覚えてはいなかった。しかし、いなかったと断定もしていない。

洋菓子店の一部の従業員は、犯人は緑野じゃないかと噂《うわさ》しているらしい。その根拠は、そういうことをしそうな顔だから。

昔からそうだった。緑野は顔が怖い。体格もよくて威圧感がある。素行がよいとはお世辞にも言えず、キレたら手がつけられないと言われていた。でも実際は、滅多にキレることなどなく、怒ることさえ稀《まれ》だった。

だから、そんな無責任な噂を鵜呑《うの》みにしたわけではない。ただ、話は聞かなくてはならなかった。あの木彫りの熊について。

「緑野篤士に話を聞きたい。任意同行を求めてくれ」

そう南元に指示を出した。南元たちならいろいろ説明する手間が省ける。

昼間、捜査員は外に出払っていて、捜査本部に残っているのは高木と捜査一課の係長だけだった。

「彼の取り調べは私がします」

連行されてきた緑野が取調室に入っていくのを見ながら、高木は係長に言った。高木は通常、取り調べは慣れた刑事に任せている。それを外から見て冷静に分析するのが高木のやり方で、それを知っている係長は怪訝そうな顔をした。

「彼は私の高校時代の友人です。しかし聴取に私情を持ち込むようなことはしませんので」

努めて無感情に言った。係長は驚いたようだったが、まだ参考人聴取の段階だし、強硬に反対はしなかった。

「まあ、きみが私情を持ち込んでいるところってのも、ちょっと見てみたいかな」

階級は下だが、年齢ははるか上の係長は、冗談っぽく言って了承してくれた。

いつもクールで薄情なキャリア。そう思われていることが変なところで役に立った。

取調室の前まで来て立ち止まり、ネクタイを締め直す。拳を握り、息をフーッと長く吐き出した。情はドアの外に置いて、中に入る。

こちら向きに座っている緑野と目が合ったが、表情は動かさなかった。緑野は高木を見ると眉を寄せ、かすかに溜息をついた。こんなところで会いたくなかった、という気持ちはお互い様だ。

デスクを挟んで向き合う。デスクの横には補佐の南元が、高木の背後には書記として伊崎が座っている。隣室から係長も見ているだろう。

緑野の顔を正面から見て、高木は違和感を覚えた。こんな顔だっただろうか。十二年に比べれば、二週間なんてなきに等しい時間なのに、十二年ぶりに見た時より緑野の様子が変わってしまったように見えた。一気に疲れたような……。

とても嫌な感じがする。嫌な予感だとは言いたくない。

顔と顔の距離は居酒屋の時とそう変わらないのに、気持ちは天と地ほども違った。

「うちの捜査員は無精ひげを剃《そ》る時間も与えませんでしたか」

表情は変えないまま硬い口調で問いかけた。疲れたように見えるのはきっとそのせいだ。横から南元が無言で睨んできたが、そんなのは無視する。

「いや。お待たせしちゃ悪いかと思ってな」

緑野は自分の顎を手で擦りながらニッと笑った。笑顔に少しだけホッとする。

服装は先日とあまり変わりない。黒のジャンパーとブラックジーンズ。中に着ているヘンリーネックがちょっとチンピラっぽい。無精ひげも相まってテキ屋のおっさんのようだ。しかしそれも格好いい。なんてことを思ってしまい、咳払《せきばら》いをして気を引き締め直す。

眼鏡のブリッジを押し上げ、資料に目を落とし、事務的に読み上げる。

「緑野篤士さん。三十歳。洋菓子店ユピテルを退職後、現在は無職ということで間違いないですか」

「はい」

「未成年の頃に補導歴は多数。……十八歳で傷害事件を起こして少年院送致？」

知らない情報がそこにあって、問いかけるように緑野を見る。

「おまえがいなくなってから、ちょっとな。俺にとっては昔の話だが、傷害の前科があるのは不利か？」

「いえ、そういうわけでは……。失礼しました。今日は中橋雅美さんが殺害された件で、伺《うかが》いたいことがあって来ていただきました」

なんとか管理官の顔を取り戻す。しかし本当は気になって仕方なかった。十八歳の傷害事件。自分と別れてから。少年院に入っていたから連絡が取れなかったのか。いったいなにがあったのか。疑問を早く解消したかったが、今はその時ではない。

「あなたは中橋さんを殺しましたか？」

ストレートに訊けば、緑野ばかりでなく南元も目を丸くした。

「いきなりかよ。見た目変わっても、そういうとこは変わってねえんだな」

緑野は呆れたように言った。

「お答えください」

硬い表情のまま促せば、緑野はしばし黙った。

「いいえ」

その答えを聞いて、内心ものすごくホッとしていた。なにかの間違いで殺してしまった可能性も皆無ではなかった。信じるためにはまず緑野の口からそれを聞く必要があった。

変な間があったのは、とりあえずスルーする。

「今のところ、あなたのアリバイを裏付ける証言は出ていません。本当に居酒屋に？」

「ああ」

本当はこんなことは聴きたくなかった。疑っているなんて思われたくない。でも、面と向かって問えるのは幸せなことだとも思う。疑念を抱いたまま問うこともできず、悶々《もんもん》とし続けた日々は、出口のない真っ暗な迷路を歩いているかのようだった。

「これはあなたの、ですよね？」

高木は緑野の前に、ビニール袋に入った木彫りの熊のキーホルダーを置いた。緑野は驚いた顔をして、それからばつの悪そうな顔になった。

「どこにあった？」

「殺害現場の近くに落ちていました。あなたの、ですよね？」

「訊くなよ。見りゃわかるだろ。そんな下手《へた》くそ、この世に二つとあるわけないんだから」

「下手くそ⁉　あ、いえ、実に味のある熊ですよね。ずっと……持ってたんですか？」

下手くそと言われて思わず反論しかけたが、グッと呑み込んで、問いかけた。この問いには若干の私情が入っている自覚はある。

「そういえば熊だったたか……。なんか愛着が湧いて手放せなかったんだよ」

どんな理由でもいい。自分の作ったものがずっと緑野のそばにあった。それがわかった瞬間、十二年の暗い迷路に小さな明かりが灯《とも》った気がした。見ればそれを誰が作ったのか、誰にもらったものなのか、きっと思い出したに違いない。

嬉しさが込み上げると同時に、ちょっと照れくさくなった。緑野も心持ち恥ずかしそうだ。しかしそんな甘酸っぱい気分になっている場合ではない。これは殺人事件の遺留品なのだ。

「それがなぜ、洋菓子店ウェヌスの裏口付近に落ちていたんでしょう？」

「知るかよ。なくしたんだ」

「いつ、なくしたんですか？」

「さあ。気づいたらなかった」

「じゃあ、なくしたのに気づいたのはいつですか？」

「さあ。けっこう前だった気がするけど」

「これは汚れ具合から、あの場所に落とされたのは殺害の当日ではないかと推測されています。最近、あの店に行きましたか？」

「いや。拾った親切な誰かが、その日そこで落としたんじゃねえの」

「誰に拾われたか、心当たりは？」

「あったら返してもらってる」

そりゃそうだ。証言に不自然な点はないが、言い逃れのようにも聞こえる。嘘なのか、真実なのか、見定めることができないのは、信じたい気持ちが強すぎるから。その自覚があるから、判断ができない。

高木が管理官として評価されているのは、感情に流されない冷静な判断と洞察力。それを発揮して検挙数を上げ、やっと少しずつ周囲が自分の意見に耳を傾けてくれるようになってきた。そこに自信が持てないのは高木にとって致命傷だ。

冷静に。私情を廃せ。いつものように、表情と声と仕草を観察しろ。

「キーホルダーに関してはわかりました。それでは……被害者とお付き合いしていたという噂があるようですが、それは本当ですか？」

心を凍らせて訊ねる。なにも考えず、ただじっと緑野の目を見る。

「お付き合い？　……なるほど、だから容疑者扱いなのか」

緑野が馬鹿にしたように笑って、凍らせた心がちょっとだけ緩んだ。

「噂は真実ではない、と？」

あくまでも表情は変えず、しかしほんの少し前のめりになる。

「とも言い切れないいな」

弄《もてあそ》ばれている気分だ。目つきが自然剣呑になる。

「どっちなんだ」

「お付き合いしてたかっていうのが、身体の関係があったかってことなら、イエスだな」

「え？　あ、……そう……ですか」

緑野はさらっと言ったが、高木はその直接的な言葉に動揺していた。そんな事実は本当にまったく知りたくなかった。凍らせた心にピキピキと小さなひびが入る。

「それは、恋人ではないけど……ということですか？」

「そういうことです」

自然に眉間に皺《しわ》が寄る。それでは昔とちっとも変わっていないではないか。

緑野のそこだけは好きになれなかった。昔は生活に困ってやむなく、という理由があったが、今はなんなのか。ただのセックスフレンド的なことなのか。雇い主と？

しかし高木とて身体だけの関係を持ったことはある。責める権利などないし、責めるような間柄でもない。

内心で葛藤していると、緑野がクスッと笑った。

「なんですか？」

「そういう顔、すると思ったんだよ」

「は？　そういう顔ってどういう……」

ポーカーフェイスを気取っているつもりだった高木は、思わず頬に手を当てる。

「フケツ！　みたいな顔。意外に潔癖なんだよな」

「べ、別に⁉　俺だってそういう相手くら――。いや、失礼」

反射的に言い返しかけて、ハッと我に返り、椅子に座り直して平静を取り繕う。

観察され見抜かれているのは自分の方か。確かに、不潔だ、みたいなことを思った。そう思っていた高校生の頃を思い出した。でもこの歳で潔癖を気取るつもりはない。

胸の内に起こるモヤモヤした感情は、緑野に誠実さを求めているのではない。もっとずっと単純な感情だ。

「では次に。あなたが店を辞めた理由を教えてください。辞めさせられたということですが、それはなぜですか？」

事情聴取に行った刑事は聞き出せなかったこと。でもきっと自分には話してくれる。

「もうあんたとは寝ない、と言ったから」

「は？」

緑野は思いがけずさらっと答えたが、内容が意外すぎた。

よくそんなことが平然と言えるものだ。もしやからかわれているのかと睨んでみたが、面白がっている様子はない。どうやら真実らしい。

「そんなことで解雇に？」

「そんなこと、が、いたくプライドを傷つけたようでな。即クビだ」

「不当解雇だと訴えることは？」

「しなかった。彼女には恩があったが、もう返し終えたと思うし。おまえ見てたら……職より自由が欲しくなった」

そう言って緑野はじっと高木の目を見る。

「俺？」

自分がどう関係するのか、眉を寄せて問い返したが、緑野は薄く微笑むだけで答えない。

確かに緑野が解雇されたのは自分と再会した直後だが、自由とかそんな話をした覚えはない。いったいどういう意味なのか。こっちが取り調べされている気分だ。

職より自由が欲しくなって、もう寝ないと言った。つまり、そう言えば解雇されることが予想できた。解雇されたことを不服として殺人に至ったという線は消していいだろう。

だけどなぜ、自由が欲しくなったのか――。と考えそうになって、それは今関係のないことだと切り替える。

「その恩というのはなんですか？　差し支えなければ教えていただきたいのですが」

高木が冷たい仮面を被り直せば、

「それは、個人的興味か？」

緑野はそれを剝がそうとするように砕けた態度を取る。

「いいえ。被害者との関係性を知る手がかりになれば、と」

「じゃあ教えない。と言いたいところだが……おまえがどうしても知りたいと言うなら、教えてやらないこともない」

緑野がニッと笑って、こういう一面もあったと思い出す。些細な弱みをついて、人が困ったり怒ったりするのを見て楽しむのだ。

でもそれは本当に小さな意地悪で、相手が耐えられないようなところまで追い込むことはない。それどころか、平然と人の負債を肩代わりしたりするので、高木はよく怒っていた。

緑野には無防備にいろんな表情を見せていたのだと、今さらながら気づく。

「教えてください」

眼鏡のブリッジを人差し指で押さえ、努めて無表情に促した。

緑野は残念そうに、しかしあっさりと教えてくれた。

「仕事がない時に拾ってもらったんだよ。前に働いてたケーキ屋で盗みの嫌疑かけられて、俺はそんなつまんないことはしないけど、この見てくれだし。職場じゃ浮いてたし。警察に突き出さないだけありがたく思え、みたいな感じでクビになった。狭い業界内じゃ噂はあっという間に広がって、どこも雇ってくれなくなった。そんな時に拾ってくれた恩だ」

悔しい。そこに自分か仲間がいれば、緑野はそんなことをする奴じゃないと言えたのに。真犯人だって捕まえてやったのに。悔しい。

「そんな顔すんなって」

「え？」

ハッと緑野を見れば穏やかに笑っていた。笑える話ではまったくないはずなのに。

「その時に、私の言うことを聞くなら仕事もやるし修業もさせてやると言われた。俺はその条件を呑んだ。この手の取引はお手のものだ。今さら痛む良心もない」

おまえは知っているだろう？　というふうな言い方に腹が立った。居場所をもらう代わりに女を抱いていた事実は知っている。身体は男の武器でもある。しかし使いたくて使っていたわけじゃないことも知ってる。

「おまえは自分を大事にしないだけだ。心が痛んでも無視するのがうまいだけ。……だと推測します」

思わず言い返してしまって、下手なフォローを入れた。すでに己の顔と同化するほど馴染んでいたはずのクールエリートの仮面が、一瞬スルッと剝がれ落ちてしまった。

書記に目を向ければ、伊崎は書きませんよというふうに手を浮かせた。察しがよくて助かるが、それにもなんだかムッとする。

南元は口出しせずにずっとニヤニヤと見守っていて、それにもイライラする。

「おまえな……。愛想尽かせよ、本当」

緑野は溜息混じりにボソッと吐き捨てた。

それは嫌われたいということか？　少年院とか関係なく、やっぱりただ嫌になって連絡を絶ったということなのか？　そんな疑念が生まれて落ち込みかけ、今はそれどころじゃないと仮面を装着し直す。

「ではあなたは、被害者と二年間そういう関係を続け、断った途端に解雇されたが、契約通りなので恨みには思っていない、と」

「そういうことだ」

「被害者はまだあなたに未練があり、店に呼び出して復縁を迫った結果、口論となって……という仮説も立てられますが、いかがでしょう」

「いかがって言われてもな……。ひとつ言えるのは、あの人が復縁を迫るなんて絶対にないってことだ。プライドが高くて、人にお願いするってことができない。特に格下だと思っている相手には絶対にしない」

「じゃあ……素直にそう言えない被害者が、遠回しにあなたに嫌がらせをしてきて、あなたはそれをやめるよう言いに行って揉めた……」

新たな仮説を口にした時、ほんの一瞬だが緑野の瞳が不自然に揺れた。それを高木は見逃さなかった。見逃したかったけど、しっかり見てしまった。

「ないな。もう俺のことなんて忘れてたんじゃないか？　別に俺にこだわる必要はない。俺の代わりなんていくらでも……」

「いないんだよ、代わりなんか！」

思わず、だった。緑野がなにを言うかわかった瞬間に、声が出てしまった。室内がシンと静まりかえって冷や汗を掻く。なにを言った、自分。なにを口走った⁉

緑野も、伊崎も、南元さえ驚いた顔をしたが、なにより高木自身が一番驚いていた。

「すみません。少し……外します」

高木は押し殺した声で言って立ち上がり、逃げるように取調室を出た。

元々はすぐにカッとなる性格だった。しかしもうすっかり改善されたと思っていた。でも全然違った。単にそこまで心が大きく揺れるようなことがなかっただけだった。

重い鉄の扉を開けて外階段に出れば、冷えた外気に包まれてホッとする。頭を冷やすにはちょうどいい。鉄柵に肘をかけて外を見るが、二階なので大した眺望は望めない。駐車場とわずかな緑が見えるだけ。それでも呼吸は少し楽になる。

真《ま》っ直《す》ぐに立ち、丹田《たんでん》に力を入れて息を強く吐き出した。平常心を取り戻す時のいつものやり方。どんな強い対戦相手を前にしても、これをやれば一発で平常心に戻れた。でも今日はまったくダメだ。

心の振り子が右に左にと大きく揺れて、どこで止めるのが通常だったかもわからなくなっている。どうやったら落ち着けるのか。緑野がそばにいる限り使いものにならない気がする。

しばらくすると鉄の扉が開いて、南元が顔を出した。途端に高木は苦虫を噛み潰したような顔になる。南元はいつも通りのニヤニヤ顔。でも今はニヤニヤされても仕方ない。

「係長が驚いてたぞ。澄まし顔のあんたしか見たことないから、高木くんはどうしたんだ⁉ってな。なんか微妙な間柄みたいですよ、とちゃんとフォローしといた」

「それのどこがフォローだよ」

「俺は楽しかったぜ？　取り調べする刑事っていうより、初恋の人を前に必死で冷静なふりをする女子中学生……もとい、ウブなおっさんって感じで。可愛くて気持ち悪かった」

「てめぇ……」

「ほらほら、ヤンキーだだ漏れですよ、警視殿」

「くそ……。僕はウブでもおっさんでもない。そして初恋でもない！　以上」

戻ろうと鉄の扉に手をかけたところで、

「奴はなーんか隠してるな」

南元がボソッと言った。

「なにを隠してるって……」

振り返る。

「さあ。事件に関することなのか、単にあんたに隠したいことなのかはわかんねえけど」

的中率の高い、南元の刑事の勘。今回ばかりは外れていることを願う。自分にはそんな勘はないが、ちょっとした違和感は覚えた。でもきっと気のせいだ。と、思いたい。

取調室に戻り、一通りの聴取をして緑野を解放した。

容疑が晴れたわけではないが、まだ任意同行の段階だ。今のところ緑野の疑いを濃くしているのはキーホルダーの件だけ。なくしたという証言を嘘だとする証拠もない。

それでも見張りはつけた。もし犯人なら証拠隠滅及び逃走の可能性がある。当然の措置だ。知らない誰かなら迷いなくつけただろうものを、緑野がそんなことをするわけがないから、という私的判断で外すことはできない。友達を疑う後ろめたさは、無実を証明するために必要なのだと言い換え、自分を納得させる。

「大丈夫ですか、管理官」

よほど険しい顔をしていたのか、伊崎に気遣われてしまって、高木は苦笑いを浮かべた。

「大丈夫だよ。あいつはやってないから」

南元と伊崎が相手だと、つい本音が漏れてしまう。捜査の指揮を執る人間が偏った見方をしてはいけないし、それを口にするなどもってのほか、なのだが。

「でもなあ、十二年も会ってなかったんだろ？　それだけありゃ人は変わるぜ？　それに、どんなに我慢強い人間だって、どうにも腹に据えかねることを言われりゃ、カッとなって手が出ちまうこともある。誰だって犯罪者になる可能性はある」

「わかってるよ。そんなことはわかってるけど、それでもあいつが女を殴るなんて想像できない。どんなに変わっていたとしても、それだけはありえない」

「あらー。捜査に関しちゃ冷静で考え方も柔軟だと思ってたんだが、ガッチガチだな。身内が絡むとダメなタイプか。ていうか、あいつオンリー？」

南元のニヤニヤ笑いがますます嫌な感じになって、ぶん殴りたくなる。

「高木さんって……やっぱり、本命は別だったんですね」

伊崎が変なことを言い出して、高木は眉を寄せる。

「は？　なに言ってるのかなー、伊崎くんは」

「いや、だって……」

伊崎は曖昧に濁して、南元に視線でパスを渡す。

「最初からワケありだとは思ってたけど、取り調べん時の様子見てたらなあ。確信だろ」

二人してニヤニヤと顔を見合わせるのが非常に腹立たしい。

「勘違いバカップルめ。全然見当違いなんだよ。あれはただの友達だ。ちょっとばかり濃い青春時代を一緒に送ったってだけで……。あいつなんかずーっと女がいたんだからな」

「ふーん。ああ、そうなんだ……」

なにやら勝手に察したように、少し気の毒そうな顔をして二人でうなずき合うのがまた腹立たしい。

「さっさと捜査に行け！　そしてさっさと……真犯人を見つけてこい」

命令口調で懇願する。

真犯人さえ見つかれば万事解決する。また一緒に酒が飲める。

「ま、そういう方が人間らしくて俺は好きだぜ。余裕ぶってすかしてるのよりずっといい。一応まだ冷静な判断はできてるようだしな。俺も犯人って気はしないんだが、ちょっとなんか違和感あるから、奴の周辺を洗ってみる」

南元の言葉は心強かった。この男に犯人だと確信されたら、勝てる気がしない。

南元が歩き出し、伊崎も跡を追おうとして、足を止めた。

「高木さん、俺全力で応援しますから。うまくいくといいですね」

幸せオーラ全開でそんなことを言う伊崎に、高木は渋面を向けた。

「だから違うって言ってる。しつこいよ。幸せのお裾《すそ》分《わ》けとかいらないから。迷惑だから」

「全力で犯人を捜しますって意味です。幸せは、自分で摑んでください。分けません」

「あ、そう。ケチだね。いらないけど！」

「大丈夫ですよ、高木さんはとても魅力的だから」

以前、そう言って伊崎の背中を押したことがあった。言われると、言った自分の恥ずかしさがわかる。これからは自重しようと思う。

「うるさい、さっさと行け！」

「はい、行ってきます、管理官」

そうして出ていった二人は、重要な目撃証言を摑んできた。

死亡推定時刻の後ろギリギリくらいの時間、近所に住む男が、店の裏口から走り去る男を見た、というものだった。その翌日から海外旅行に行っていたため、事件が起こったこと自体知らなかったらしい。地道でしつこい聞き込みが功を奏した。

目撃者の証言によると、男は大柄で、足を少し引きずるようにして走り去ったらしい。貴重な情報だ。

しかしそれを聞いた高木は、嫌な胸騒ぎを覚えた。

酔って肩を借りた時、緑野の歩き方に覚えた違和感。いや、あれは酔って足下がおぼつかなかっただけ。普段歩いている時には足を引きずる様子なんてなかった。

信じる心を揺らすのは、十二年の歳月。自分の知らない十二年は、緑野をどう変えたのか。

あまり変わっていないように見えるけど、変わっていないわけはないだろう。

感情というものがある限り、人は誰しも犯罪者になる可能性がある。管理官見習いとして現場に初めて立った時、ベテラン刑事が言っていた言葉。犯罪と無縁でいられるのは、実はとても運のいいことなのだ。

可能性は排除しない。でも、信じている。

信じられるギリギリのところまで――。

◆　事件発生（十二年前・初動）

中学三年生の時、母が病気になった。そして高校一年生の秋、亡くなった。

それが高木の人生を大きく変えた。

母が病を患ったのは、父が捜査一課の刑事になった直後。父が忙しくて家に帰ってこられなくなるほど、母の病気は悪化していった。

それは偶然の一致だったのだろうけど、当時の高木にはそう思えなかった。

「私は想がいてくれるから大丈夫。寂しくないわ」

その言葉が母の本心でないことくらい、わからないほど鈍い子供ではなかった。

母の手はどんどん細く儚《はかな》くなっていく。その手を握りながら、誰かどうにかしてくれ、助けてくれと願うことしかできなかった。

本当は、誰かではなく父に縋《すが》りたかったが、仕事優先の父に「おまえがついててやってくれ」と頼まれ、独り追い込まれていった。

死に際の母は、うつろな目で誰かを捜していた。力ない手を握れば、最期《さいご》は自分を見て笑ってくれたけど、本当は見たい顔があったはずなのだ。

仕事で遅れて駆けつけてきた父が、どんなに呆然《ぼうぜん》と憔悴《しょうすい》した顔をしようとも、許してやることなんてできなかった。

「お母さんは待ってたのに……ずっと待ってたのに！　お父さんはお母さんより殺された人の方が大事なんだろ⁉」

仕方ないことだと頭ではわかっていても、心が納得しなかった。どんなに立派な仕事をしたって、一番大事な人を寂しいまま逝《い》かせてしまうなんて最低だ。

子供の頃は憧れていたのだ。父にも、その仕事にも。父がやっていた空手を自分も習い、それでは飽き足らず柔剣道にも手を出したのは、強くあるため、人々を護るため。

父が捜査一課に異動になった時には、すごいすごいと興奮し、まだ元気だった母と一緒に祝った。それが、幸せな家族の最後の記憶となった。

誰も待っていない真っ暗な家。母が死んですべてを失った気がした。心にぽっかり穴が空いて、なにをしても虚しかった。

いい子でいることに嫌気が差し、家に帰りたくなくて街をふらふらした。髪を染め、進学校の行儀のいいブレザーの制服をだらしなく着崩すのが格好いいと思っていた。悪い友達を作って、道端にたむろしたり、怪しい店で遊んでみたり、一通り不良っぽいことをしてみたが、楽しいとは思えなかった。

仕事漬けの父とはすれ違いばかりだったが、家で久しぶりに会った時、父は息子の乱れた姿を上から下まで見て、そして正面から真っ直ぐに瞳を見つめた。どうせ、お母さんが悲しむ、などと説教されるのだろうと思ったのだが。

「おまえを信じてる」

そう言われて愕然《がくぜん》とした。叱《しか》ることもなく、説教もなく、ただそれだけ。その言葉を意気に感じて素行を改めるような純粋さはもう高木にはなかった。そんなのは親の義務を放り出す都合のいい言葉だと、鼻で笑い飛ばして、信頼に応えようなどとは思わなかった。

人それぞれ非行に走るには理由があって、夜の街はそういう少年たちの吹き溜まりだった。世間という木から落ちた木の葉が、冷たい風に吹かれてさまよい、行き着くところ。暗いじめじめした吹き溜まりには、鬱憤も溜まっていた。

だからあちこちで諍《いさか》いが起きる。そして力の強い者が勝つ。理屈や道理なんて通らない。

どんなに理不尽でも腕っぷしの強い奴の言うことがまかり通った。

それが高木は気に入らなかった。強くて馬鹿な奴には正面から挑み、弱い者を護るために鍛えていた腕っぷしを吹き溜まりで発揮した。力を力で押さえつけ、感謝されたり持ち上げられたりして、正義の味方気取りだった。

補導されて父を困らせたい気持ちと、捕まるなんて格好悪いという気持ちがせめぎ合い、警察から逃げおおせることで父の鼻を明かしていると思うことにした。

そんなことをしていても、心にぽっかり空いた穴は一向に塞《ふさ》がらず、自分でもなにがしたいのかよくわからなくなっていた。


二ヶ月ほど経ったある日、ひとりで暗い路地を歩いていると、女性のすすり泣く声が聞こえてきた。続いて怒号。路地裏から、涙で顔をぐしゃぐしゃにした女性が、ヤクザ風の男たちに引きずられて出てきた。逃げようとして平手打ちされたのを見て、高木は思わず「やめろよ」と口を出していた。

「あんなあ、兄ちゃん。この女はお仕事中に逃げ出したの。俺たちは戻って働こうねって言ってるだけ。ええかっこしたいお年頃なのかもしれんけど、大人には大人のルールってもんがあるんや。おとなしゅうお家《うち》に帰り」

どこの方言かはわからなかったけど、ヤバそうな奴だということは感じ取れた。人相の悪い男が三人、ニヤニヤ笑いながら高木を見る。人を傷つけることになんのためらいもない、むしろそれを楽しむタイプの連中だ。関わらない方がいいと理性が告げる。しかし――。

「たす、けて……助けて……」

縋りつくように腫《は》れ上がった目で見つめられて、見捨てるのは難しかった。

「はーい、すみませんでした。子供はおとなしく帰りまーす」

高木はヘラヘラ笑って、男たちに背を向けた。足を一歩踏み出し、油断させてからクイックターン。ダッシュして男たちの間をすり抜け、女性の腕を摑んで一目散に逃げる。

しかし女性が足をもつれさせてしまい、高木が摑んでいるのとは反対の腕を摑まれて引き戻された。高木は女性の腕を摑んでいる男の顎を蹴飛ばして倒し、追いついてきた他の男二人に飛びついて路上に倒れ込んだ。

「逃げて！」

揉み合いながら叫べば、女性はオロオロしながらも駆け出した。

「てめえ、このガキャァ、ぶっ殺す！」

ひとりが女性を追いかけていってしまったが、高木にはもうそれを阻止することはできなかった。逃げのびてくれることを願いながら、丸くなってボコボコにされる。

こんな死に方は嫌だなあ、と思いながら、まあいっか、なんてことも思った。女性を助けたんだと話したら、母は褒めてくれるだろうか。それとも、悲しむだろうか……。

早々に思いを天国へ馳《は》せていると、雨あられと降り注いでいた蹴りが突然やんだ。不思議に思って、頭を護っていた腕の隙間《すきま》からそっと見上げる。

その瞬間、ヒュンと音がしそうな速度で拳が視界を横切っていった。ゴッッと鈍い音を立てて男の頬にぶつかり、勢いのまま巨体が吹っ飛んでいった。

あまりにも切れのいいパンチに目を奪われ、それを放った人間に心を奪われる。

「すっげ……」

惚《ほ》れ惚《ぼ》れするパンチだった。一発ＫＯ。身体の痛みも忘れて見とれてしまう。圧倒的だ。自分より、父親よりも格好いいと思える男を、生まれて初めて見た。

背は高く、ガタイもいい。ボクシングでもやっているのかと思うほどきれいなフォームだった。そして横顔も男前。

「ほら、逃げるぞ」

拳を放った大きな手に、首根っこを摑まれて引き起こされる。

「え、逃げるの!?」

このままボコボコにして勝ち誇るのかと思ったのに、倒れた男は放置して走り出した。

「逃げるに決まってる。本職に喧嘩売るとか、おまえは馬鹿か」

「間違いなく大馬鹿だよな。ま、俺らもだけど」

いつの間にかもうひとり、仲間らしい男が笑いながら併走していた。

後方からなにか怒鳴り声が聞こえたが、追いかけては来ない。走れないのだろう。無視してひたすら走り、大通りを渡って繁華街を脱した。

「ういー、生きてたか？」

オフィスビルの谷間にある公園で一息つくと、そこにもうひとり男がやってきた。

「生きてるけどな。やべえよ、あれは常盤会《ときわかい》の下っ端だぜ。しばらくあの辺り近づけねえな」

「マジかー」

友達らしい三人組は、揃って高木に冷たい視線を向けてきた。

「あ？　お、俺は別に助けてなんて言ってない、けど……でも、ありがとう」

しょうがない。助けられたのは事実だ。助けてもらえなければ死んでいたかもしれない。いや死んでもよかったのだけど……などと、うつむき気味にモニョモニョと礼を言う。

「あの女の人は交番に届けたぜ」

遅れて合流した男の言葉に、ハッと顔を上げる。

「え、マジ⁉　ありがとう！」

これには素直に礼の言葉が出た。心配だったのだ。目を輝かせて礼を言った高木を見て、切れのいいパンチの男がククッと笑った。

「なんだおまえ、いい子ちゃんかよ」

馬鹿にしたように言われてムッとする。格好いい男がいい奴だとは限らない。実に残念だ。

「お、珍しい。篤士が笑った」

他の二人が少し驚いたように笑う男を見る。

「いや、なんか顔が……あんまりわかりやすくて」

「まあ、確かに」

二人が同意して、また馬鹿にされたのかと顔をしかめたら、今度は三人に笑われた。

それが緑野との出会いだった。いつも一緒にいるのは田沼と柿田。小学生の頃から、はみ出し者同士つるんでいる腐れ縁。三人とも自分と同じ十六歳だと聞いて驚いた。高校一年生にはとても見えない。着ている詰《つ》め襟《えり》の学ランは、なにかと評判の悪い工業高校のもので、留年していると言われた方がすんなり信じられただろう。

緑野篤士は基本的に無口で、目力で人を威圧し遠ざける。友達は少ないが、信奉者は多く、武闘派ヤクザという感じだった。

田沼は小賢《こざか》しいインテリヤクザ系で、いつもなにか企んでいるような目つきをしていた。柿田は緑野と同じくらい大柄強面で腕っぷしも強いが、やや太めでやや垂れ目なため、緑野よりは温和そうに見えた。

高木はその頃、さわやかなイケメンなどと言われていたが、見た目はちょっとチャラかった。身長は田沼と同じくらいで、百七十五センチはあったが、緑野と柿田が百八十五以上あったために、一緒にいると小さく見えた。

それからなにかとつるむようになった。といっても、不良少年たちの間では一目置かれていた重厚感ある三人に、軽い高木がつきまとっている感じで、最初はちぐはぐだった。信奉者気取りの奴らにはいろいろ言われたが、本人たちに邪険にされることはなく、いつの間にか馴染んで、三人組は四人組に変わっていた。

緑野たちと遊ぶようになって、心に空いていた穴のことを忘れることが多くなった。家に帰っても、寂しさはともかく、虚しさは感じなくなった。相変わらず父親は仕事ばかりで、月に一、二度顔を合わせる程度だったが、反発心も薄れていた。

なぜなのかはわからない。三人とも口数は少なめで、会話が弾むわけではない。ただとても居心地がよくて、毎日楽しかった。見た目通り頭の切れる田沼と議論したり、人のいい柿田にちょっかい出してからかったり。

しかし一番仲がいいのは緑野だった。

なんといっても、高木の甘いもの探訪に文句も言わず付き合ってくれるのは緑野だけだった。パフェだとかケーキだとかを外で食べるのは、年頃のしかも強面の男子には拷問のようなもので、他の二人は一度で懲りて二度と付き合ってくれなかった。

「篤士、おまえって顔に似合わず優しいよなあ」

「顔に似合わずは余計だ」

「あ、もしかして顔に似合わず甘いもの好きなのか?」

「だから顔に似合わずは余計だ」

緑野といる時間を甘く感じるのは、一緒に甘いものを食べているせいだと思っていた。その頃には自分はゲイだと気づいていたが、緑野に寄せる感情はそういうものではないと思っていた。

まだよくわかっていなかったのだ。自分のことも、ゲイについても。

夜の街をふらふら遊び歩いていた時、同じ学校の先輩の牧原《まきはら》という男と知り合い、「おまえ、女に興味ないだろ」と指摘された。

それまでは友達にエロ本を見せられても「ふーん」という感じで、自分はそういうことに淡泊なのだと思っていた。だけど初めてゲイ向けのエロ本を見せられ、初めてエロ本の用途がわかった。

ドキドキしたけど、牧原に「抱いてやろうか？」と肩を抱かれても、込み上げるのは嫌悪感ばかりで、自分は抱かれる方ではないのだと知った。拒んでもしつこく言い寄ってくる牧原が嫌で疎遠になっていたのだが、牧原は高木が緑野たちと親しくしていると知ると、わざわざゲイだとバラしに来た。

「やっぱりおまえ、そっちだっただろ？　どいつに抱いてもらってるんだ？」

明らかに嫌がらせだった。ゲイだとバレて孤立するのを狙っての言葉。

「だから違うって言ってるだろ。俺は誰にも抱かれない！」

そう言い返して、すぐに三人にゲイだとカミングアウトした。嫌われるかもしれない、とは少し思ったが、ごまかして嘘をつき続けることはできなかった。

「どうりで女の話題に食いついてこないわけだ」

田沼がそう言って、それだけだった。拍子抜けするほどなにも変わらなかった。

「でも俺、むさいのとか、ごついのとかはNGだから。大きな男に組み敷かれるのとかゾッとすんの。できれば俺より小さくて可愛いのがいい。だからおまえらみんなNG。警戒しなくても絶対惚れないから。それは自信がある」

その時はそれが本音だった。抱かれるのはプライドが許さないと思っていた。本当に。本気で。そう思っていた。

「別にいいんだけど、なんかその言い方、イラッとするな」

「え、田沼ってば、もしかして俺に惚れ……」

「てねえよ！　友達やめるぞ、てめえ」

その威嚇にホッとした。嬉しくなった。友達やめるという脅しは、友達にしか言えない。

「俺、学校でゲイだってバレた途端、周りからサーッと人がいなくなってさ。可哀想《かわいそう》だと思うなら、友達やめないで」

安心するとそんな軽口も叩けるようになった。

「可哀想だなんて思わないけど、それってゲイだからじゃなくて、おまえのその性格が浮いてるだけなんじゃねえの？　お坊《ぼっ》ちゃん進学校ではさ」

「あー、それはあるかも」

元から頭はよかったが、母親のために勉強して、誰が聞いても「おお」と言うくらいの進学校に入った。自慢の息子でいたかったのだ。

しかし、一年生にしてどの大学に行くかで頭がいっぱいの奴らとは、話がまったく合わなかった。入学した時は母の看病で友達付き合いもほとんどしなかったし、母が死んで髪を茶色に染めると遠巻きにされた。不良なんて底辺という認識なのだ。

学校でゲイだとバレたのも、牧原が同じ学校の先輩だったから。牧原はなにかと高木を孤立させたがった。

学校では孤立し、家では孤独。母親を亡くし、父親は無関心。高木は自分で自分のことをなかなか可哀想な子供だと思っていた。

だけど世の中、上には上がいる。いや、下には下が、だろうか。

緑野の本当の父親はヤクザ者だったらしい。しかし小さい頃に死に別れ、今の父親は三人目。緑野はあまり自分のことを話さなかったが、訊けば話してくれた。淡々と。

今の父親に嫌われていて、家に帰ってくるなと言われていることも、淡々と。

顔に似合わず、なんでも我慢してしまう男なのだ。自分が我慢して円滑に進むならそれでいいと思っている。

普通の非行少年は、家に帰ってこいと言う親に反抗して帰らないものだが、緑野の場合は、帰ってくるなと言われてその通り帰らないのだから、親の言うことを聞くいい子とも言える。

母親は帰ってくるなとは言わないが、帰ってこいとも言わない。母親と今の相手との間には女の子がいて、緑野がいなければ一家三人仲よく暮らしているらしい。しかし緑野が帰ると、途端に父親の機嫌が悪くなり、家庭の空気は険悪になる。だから緑野は、母親と八歳下の異父妹のために家に帰らないという選択をしていた。

緑野は大人っぽいし落ち着いているが、まだ十六歳だ。しかし父親の男は精神的にはるかにガキで、社会的評判もよろしくない人物だった。緑野を見ればゴミだクズだと言い放つ。

一度、たまたまその場に立ち会ったことがあって、緑野は黙っていたが、高木は激昂《げっこう》して言い返した。

「クズだって言う奴がクズだ！」

本当の父親じゃないなんて関係ない。言っていいことか悪いことかの区別ぐらいつくだろうと、食ってかかったら、その場にいた妹に泣かれてしまった。

妹には優しい父親らしいのだ。だから緑野は我慢していたのだろう。

緑野は妹を可愛がっていたし、妹も緑野に懐いていた。妹が笑っていられるのなら、自分の感情を殺すくらいどうってことない、と思ってしまう優しすぎる男。

「もっとおまえは自己主張しろ！　我を張れ！」

何度高木は緑野に食ってかかったかしれない。でも緑野はただ笑っているだけで、頭をポンポンと撫でて「落ち着け」などと言う。同い年なのに、大人の男にあやされているようでムカついた。

そんな緑野がどうやって日々生活していたかというと、多くの場合、歳上の女の世話になっていた。中学生の時からそうだったらしい。高校二年生にしてベテランのヒモだった。爛《ただ》れていると言うべきか、大したもんだ言うべきか。周囲がガキに見えるのは致し方ないことなのかもしれない。

「おまえのその、年相応に突っ張ったりいきがったりするのって、いいよな」

緑野は高木を見てしみじみ言う。

「なんだよ、その上から目線。女がいるからってな、経験豊富だからって、別に偉くなんかないんだからな。おまえなんか老けてるだけなんだからな！」

「ひでえな。俺は褒めてるのに」

「俺は年相応の経験しかないから、僻《ひが》んでるんだよ！」

堂々と僻んでいると言い放てば、緑野は笑った。

「やっぱいいわ、おまえ」

ご機嫌でまた頭をポンポンと撫でる。高木は不機嫌にその手を払いのけたが、本当はそんなに嫌じゃなかった。対等に扱われていないようなのは不満でも、頭を撫でられると胸の辺りがほんのり温かくなった。他の奴にやられると、ただただムカつくだけなのだが。それは緑野が親友だからだと思っていた。初めての親友だから、なにをされても許容できるし、嬉しくなるのだと思っていた。

女のところなんかじゃなく家に来いと高木は何度も誘ったが、そのたびに緑野は、「俺はそういうの嫌なんだよ」「おまえの家じゃなく、親の家だろ」などと言って頑《かたく》なに断った。

確かに自分は親がかりの身で、友達の施しを受けたくないという緑野の気持ちもわからないではなかった。

「でもさ、一日くらいなら友達の家に泊まるって、別に普通じゃゃね？」

女と別れて公園で寝ていた緑野を、強引に家に連れて帰った。緑野は根負けしてついてきたが、家を見てしばし黙った。

「おまえ……高木さんの息子か」

「え？　父さんを知ってるのか？　あ、補導されたことがある、とか⁉」

「そうだ。一回だけこの家に泊めてもらったことがある。そういえばあの時、なんか小さいのがいたな」

「小さいって、同い年だろ⁉」

十二歳の時だったらしい。確かにその頃、父は所轄の少年課にいた。家に非行少年を連れてきたことも、何度かあった気がする。

「僕のお父さんを取るな！　みたいな顔してた」

「は？　そんなわけあるかよ」

否定しながらも、あり得ると思った。その頃は自他共に認めるお父さん子だったから。

「そうか。おまえ、高木さんの息子か……」

緑野はもう一度呟いて、じっと高木の顔を見た。その瞳に苦渋のようなものがよぎった気がしたが、それがどういう感情によるものなのかはわからなかった。

「そうだよ。父さんも泊めたんだから遠慮なく泊まれ。父さんは忙しくてあんまり帰ってこないし、おまえがいても気にしないと思うし。何日でもいればいい」

そう言ったのに、緑野は数日後には行き先を見つけて出ていってしまった。

「もうかよ。モテモテだな！」

嫌みを込めて言ったのだが、緑野は大人ぶった顔で微笑んだ。

「まあな。俺は女好きの堕落した奴なんだよ。立派な父親がいるおまえとは違う」

緑野はなにか諦めたような顔をして、いつものように高木の頭を撫でようと手を伸ばし、そのまま触れずに下ろした。

父親を知ったことで、緑野の中になんらかの線引きがなされたようだった。違いを見せつけられた気分になったのだろうか。全然立派な父親なんかじゃないと言おうとしたが、緑野にそれは言えなかった。

自分は一度だって、父親に「クズ」なんて言われたことはない。

「違わない！　おまえは……おまえ自身はすごい奴だ。親がどうとか関係ない」

そう言うのが精一杯だった。目だけで必死に訴える高木を見て、緑野は困ったような顔になった。

高木は歯痒《はがゆ》かった。緑野はまったく人を頼ろうとしない。もう大人みたいな顔をして、ひとりでなんでも胸の中に溜め込んで、愚痴のひとつもこぼさない。もっと不平不満を言っていいいし、八つ当たりだってしてていいのに――。

高木は手を伸ばし、緑野の頭を摑んでぐしゃぐしゃと撫でた。ツンツンと立った髪は予想通り硬くて、なんだかドキドキして、思いっきり掻き回した。

そっちが触らないならこっちから触るまで。

「篤士はいい子、いい子」

思いっきりガキ扱いしてやる。

緑野は驚いて、一瞬泣きそうな顔をした……ように見えたが、たぶん見間違いだろう。

「背伸びしてるか？」

緑野は高木の足元に視線を落とし、からかうように言った。

「そこまでチビじゃねえよ！」

撫でていた手で頭を叩き、笑い合って少しホッとした。

久しぶりに父親と顔を合わせた時、以前感じていた苛立《いらだ》ちをまったく感じなくなっている自分に気づいた。不思議なほど心穏やかに父を見ることができた。

苛立ちはたぶん甘えだったのだ。父親が寂しさを埋めてくれるものと期待して、それが満たされなくてイライラしていた。

「俺、友達ができた。そいつ、家には帰らないし、喧嘩とかすっげー強いし、素行に問題ありまくりの奴なんだけど」

そう言ったのは、親を心配させたい気持ちと友達を自慢したい気持ちから。

父は話しかけられたことに驚いたようだったが、すぐにフッと笑った。

「緑野のことか?」

「え、なんで……」

緑野が家に来たことは話してない。すれ違ったのか、どこかで見ていたのか。

「信じていても心配はする。少年課には俺の後輩がいるから、ちょっとな」

なんだ、結局信じてなかったんじゃないか……という怒りは湧いてこなかった。気にしてくれていたのだ……と温かい気持ちになった。

怒らない息子を見て、父は少し寂しそうな顔になった。

「……大人になっちまったなあ。緑野たちのおかげか」

「それってなんか、俺よりあいつらのことを信じてるみたいに聞こえるんだけど？」

「そうかもな」

「な⁉ 奴らより俺の方が断然素行はいいから！ 酒とか煙草とかそういうのは……」

「ストップ！ それ以上言うな。俺は警察官だぞ。息子でも、息子の友達でも特別扱いはしない」

「は？ なに、家で補導する気？」

「場合によっては」

「頭、固すぎるだろ」

苦笑して、不意に思い出した。「あの人は真面目《まじめ》すぎるのよ……」そう言って笑っていた母の顔を。

遠くを見るような目は、恋しい人を想う目だった。会いたいとその顔に書いてあった。だけど病室でも、どんなに苦しい時も、父を呼んでほしいとは、ただの一度も言わなかった。

母に我慢させた父を恨んでいたけど、母はきっと父のことをよくわかっていたのだ。

「警察官はお父さんの天職なのよって言ってたっけ……」

母の言葉を口にすれば、父の表情がほろっと崩れた。現れたのは、親でも警察官でもない、見たことのない頼りない表情だった。

「それは……お母さんが、か？」

確かめる声も、今まで聞いたことのない、なにかに縋るような細い声だった。

うなずくと父の目がじわりと潤んだ。もうそれだけで、許してやろうという気になった。

会うだけが繋がりではなく、会わなくてもきっとずっと繋がっていて、死んでしまった今も心は繋がっているのだろう。

母がいなくなって一番辛いのは自分だと思っていた。自分だけが辛いのだと思っていた。でもどうやらそうではなかったようだ。

父は顔を伏せて、しきりに鼻を擦りながら、「そうか……そうか……」と呟いている。より会いたかったのは、もしかしたら母より父の方だったのかもしれない。

「俺はもう大丈夫だから。気にしないで警察官を全うしてください」

吹っ切れた気持ちで言えば、

「信じてたよ、ずっと。おまえは俺と加奈子《かなこ》の息子だからな」

父はほのかに赤くなった目を細めて笑った。

「緑野はな、ずーっと我慢してる奴なんだよ。切れちまわないように支えてやれ」

「わかってるよ」

なにを思って父がそう言ったのか、今となってはわからない。もう永遠にわからない。

ただ父は、非行少年という括《くく》りで人を見ていなかった。ひとりひとり、人の表面ではなく本質を見ようとしていた。そんな父を誇りに思っている。

もっとたくさん教わりたかった……なんてことは、手遅れになってから思うものだ。

別れは突然やってくる。

父との別れは交通事故。子供を庇《かば》ってトラックに轢《ひ》かれるという漫画みたいな最期だった。笑ってしまうくらい、父らしい終わり方だった。

それは母が逝ってから二年後。高木が高校三年生になったばかりの初夏のことだった。

進路はその少し前からなんとなく決めていたが、父には話さなかった。わだかまりは解けても、父と子に会話はほとんどなかった。そんなものだろう。でも、こんなに早く死んでしまうのなら、話したいことはたくさんあった。

「俺、警察官になるよ。お父さんみたいな……いや、お父さんよりずっと偉くなるから」

棺《ひつぎ》の中の父に言った。最後の最後まで変な意地を張ってしまう。

偉そうにふんぞり返っていたいからキャリアを目指す、と緑野たちには言った。

警察のキャリアがエリート中のエリートだということは知っていた。難関の国家公務員試験に合格しても、採用されるのは年に二十人程度の狭き門。

まず手始めに日本で一番難しいといわれる大学を目指すことにした。これができないようでは話にならない。

目標を決めたら突き進む。やると決めたら極める。子供の頃からそういう性格だった。

夜遊びはやめて、ひたすら勉強した。緑野たちはいきなり設定した目標の高さに呆れていたけど、応援してくれた。

「篤士、俺とうとう独りになったし、ここに住んでもいいんだぜ？」

「お勉強の邪魔はしねえよ」

「邪魔なんかじゃねえよ。篤士はほら、飯作るのうまいだろ。女に作るより俺に作れよ」

「まあ……気が向いたらな」

今までもひとり暮らしのようなものだったが、本当に独りになると、家の中は暗くひんやりして、自分以外に物音を立てる者がいないことに心細さを覚えた。犬でも猫でもなんでもいいからいてほしい気分だったのだが、緑野は頑なに拒む。

「篤士ぃ、一緒に住んでくれよー」

「甘えんな。可愛くないから」

「はあ？　可愛いだろ。これでもイケメンだって女どもにちやほやされてんだぞ。おまえほどじゃないけど、俺だってもてるんだからな。少なくともタヌやカキよりもな！」

一緒にいた田沼と柿田は迷惑そうな顔をする。二人とも容姿的には、特別に良いということはないが、悪くもない。

「おえ、なんで俺たち引き合いに出されてんの。カキはともかく、俺は彼女いるし」

「彼女がいるからなんだというんだ。なんも羨ましくないぞ」

柿田はちょっと太めがネックなのか、顔が怖いところなのか。心根はとても優しい男なのだが、女が寄りつかなかった。

「そもそも想なんて、女にちやほやされたって無駄じゃん。無駄イケメンじゃん。おまえは彼氏いるのかよ」

「そんなのは、いない……けど。今は受験勉強で恋なんかしてる暇ねえんだよ！　男にだって俺はもてるんだからな。その気になれば彼氏なんてすぐできる。あ、欲求不満でも篤士に襲いかかったりしねえから。そこは安心しろ」

友達として、であることをひたすらアピールする。

「おまえに襲われても片手でポイ、だ」

「はあ？　俺だってなあ……。あれだ、俺は頭がいいから。睡眠薬とか罠とか、力じゃない方法はいくらでもある」

やってみなくてはわからないと言おうとしたが、力で敵わないことは一目瞭然《いちもくりょうぜん》。正攻法で勝ち目はない。

「そんな卑怯者《ひきょうもの》とは一緒に暮らせねえな」

「しねえよ！　本当にするわけないだろ」

策士は策を披露してはいけない。策に溺《おぼ》れる前に口で負ける。

「わかってるよ、おまえがそんなことしないってのは。今のところ、寝場所に苦労してないから」

そう言われた瞬間、緑野の背後に美人のお姉様の幻が見えた。逞しい緑野に抱きついているスレンダー美女の幻影。なぜか胸がチクチクする。

「そうかよ。でも……いつでも来いよ。部屋は空いてるんだから」

「ああ。ありがとな」

緑野の大きな手は頭を撫でてくれなくなった。ずっと見えない線が引かれたまま。

大学に受かれば、地元で就職する予定の緑野とは縁遠くなるだろう。距離的にはそれほど遠いわけではないが、時間的なもので疎遠になってしまうことは目に見えている。

今のうちに濃い時間を過ごしたいと思うのは甘えなのだろうか。寂しさから緑野に依存しようとしているだけなのだろうか。

母の代わりに父、父の代わりに緑野。だとしたら恥ずかしい。

緑野はずっと独りで立っているというのに。

早く大人になって追いつきたい。肩を並べて、頼ってもらえる男になりたい。

「そういえば、想おまえ、牧原となんかあったか？」

唐突に田沼が訊いてきた。

「なんかって、なに？　もう一年くらい話もしてないけど。今は確か一浪中だろ」

牧原の進路なんてどうでもよかったが、同じ学校の一学年上なので噂は耳に入っていた。

高木が受ける予定の大学に落ちて、他の大学には行かなかったらしい。

「ああ、大学に落ちてやさぐれてるのか。こないだ絡まれたんだよ。もう高木を抱いたのか、とか訊かれて、相手にしなかったけど」

「あの人、まだそんなこと言ってるのか。自分がなんでもOKだからって、誰にでもそういうこと言うんだよな。抱いてやるってしつこかったし……」

深々と溜息をつく。節操がなくて、配慮もなくて、ついでに自意識過剰。自分に抱いてもらえるなんて光栄なことなんだぞ、なんてことを真顔で言う。

「おまえ、あいつに抱かれたことがあるのか？」

緑野に鋭い目で問われ、高木は慌てて首を横に振った。

「ないない。あるわけない。篤士おまえ、女に抱かれたいって思ったことあるか？」

「は？　あるわけないだろ」

「それと同じだよ。俺は男が好きだけど、男に抱かれたいと思ったことはないんだよ」

「そうか」

緑野はうなずいたけど、いまいち納得できていないような表情だった。

「そうなの！　でもあいつしつこいんだ。一度俺に抱かれてみればわかるとか言って。前に一度、抱かれるにしてもあんただけは絶対嫌だって言ったら、襲われそうになった」

「それ、大丈夫なのか？」

心配してくれる緑野に、自信満々の笑みを返す。

「大丈夫だよ。あいつ背は俺より高いけど、ヒョロヒョロで弱いから。敵じゃない」

牧原は素行が悪いといっても、硬派な方ではなく軟派な方で、喧嘩に関してはからっきしだった。金持ちの坊ちゃんたちでつるんで、変なパーティーを主催したりしている。

「なんかヤバい時は俺に電話しろ」

「大丈夫だって」

ちっとも頼ってくれない緑野に、こっちだけ頼るわけにはいかない。

「甘く見るな。卑怯な手を使ってくるかもしれない」

「わかってるよ。意外に心配性だよな、篤士って」

軽い気持ちで言ったのだが。

「うん、篤士はどうも想に甘いよ、いろいろ」

「でも想は危なっかしいっちゃ危なっかしいよな。頭いいくせに考えが甘いっていうか」

田沼と柿田の言葉に眉根が寄る。

「甘いってなにが？」

高木の問いかけに、

「篤士、こないだおまえにケーキ買ってきてやっただろ」

「ひとりでヤクザに喧嘩売ったりとか……」

田沼と柿田が同時に答えた。田沼は緑野の甘さを、柿田は高木の甘さを言ったらしい。

「確かにケーキは買ってきてくれたけど。ヤクザに喧嘩も売ったけど」

事実なので肯定するしかないが、釈然としない。

「なんか想は……亜美と同じ枠なんだよ。ケーキも亜美に買ったついでだ」

緑野は自分の甘さをそう釈明した。

「亜美ちゃんって……妹か。俺は小学生の妹と同じ枠か⁉」

「そうだ、おかしいぞ！　亜美ちゃんは可愛いけど、想は少しも可愛くない！」

「おかしいのはそこじゃねえだろ」

「可愛くはないけど、放っておけない感じが似てるんだよ」

「可愛くないところだけ肯定するな。でもケーキは亜美ちゃんのついででもいいから欲しい。こないだのアップルパイ、すっげー美味しかった！」

高木はその味を思い出した途端、笑顔になった。可愛くないと言われた顔に、子供のような笑みが浮かぶ。緑野の顔を覗き込むようにして、すごく嬉しかったと訴える。

「そりゃまあ……よかった。また買ってきてやるよ。ついでに」

緑野は若干顔を引きながら言った。

「うん。篤士は優しいな。おまえらは冷たいよ」

高木は緑野の腕を取って組み、他の二人に冷たい目を向けた。

「ケーキ屋なんて敵なんだよ。平然と入れる篤士がおかしいんだ」

「別に平然とってわけじゃ……」

「俺のために敵地に乗り込むくらいしろよ」

「冗談。なんでおまえのためなんかに」

「なんかって、なんだ！」

高木は田沼たちとワーワー言い合いながら、静観の構えの緑野に密着する。緑野に触れているとなんだか気分がよかった。アドレナリンが大量に分泌され、溜まったストレスがスーッと流れていく感じ。だから、なにかとくっついて、抱きついて、元気を補給した。

緑野からは全然触れてくれなくなったから、こっちから触れるしかない。他の奴ではダメなのだ。

母が死んだ時の、胸に空いた穴を埋めたいと足掻《あが》いていたのとは違う。穴はもうあらかた埋まって、緑野はそれをさらに潤わせる感じなのだ。安らぎと同時に高揚感も覚える。触ったり抱きついたりすると気持ちよくて、だけどそれ以上のことをしたいとは思わなかった。抱きたい相手に抱く性欲とは違う。

違うのはわかるけど、どういう感情なのかはわからない。ただ懐きたい。やっぱり寂しいだけなのだろうか。

しかし今はその感情の源泉を突き止めるより、勉強が優先だった。目標を達成するために脇目もふらず勉学に励んだ。合間にちょっと緑野を補給したくて、正直差し入れは、甘いもの以上に緑野自身が来てくれることがありがたかった。

とはいえ、触りすぎは禁物だ。ストレートの男は、男にベタベタ触られれば不快に思う。緑野も口には出さないが、触られると自然に離れようとする。きっと本能的なものだろう。見ると触りたいし懐きたくなるが、嫌われたくはない。

だからなるべく緑野を見ないようにした。ニコニコ笑って目を逸《そ》らす。

「想……」

緑野が持ってきてくれたプリンだけに注視して、スプーンをその滑らかな表面に差し込んだ時、向かいに座っていた緑野が名を呼んだ。

顔を上げると、大きな手に頬を包み込まれる。

「最近、疲れてるか？」

目の下を指でなぞられ、ビクッと後ずさった。弾みでプリンが倒れて、慌てて起こそうとした手と手が触れる。

「っ、疲れてないぞ。なんで？」

緑野から触れてきたのは久しぶりだった。安らぎより興奮の度合いが強い。緑野の指が触れたところが熱くて、ジンジンする。

「元気がない。いつもうつむいてる」

「そ、そんなことはない。ずっと勉強してるから、自然に視線が下向くんじゃないのかな」

「あんまり根《こん》を詰めるなよ。お前がキャピキャピしてベタベタ触ってこないとなんか心配になる」

「キャピキャピってなんだよ、俺は女子高生か」

その表現は聞き流せなかった。

「いや女子高生とは思わないけど」

「ベタベタ、触ってもいいのか？」

そこも聞き流せなかった。こっちは否定的にではなく肯定的に。

「ん？　まあ、別にかまわねえけど……」

「じゃあ触る。おまえに触ってるとなんか落ち着くんだよ」

言い訳めいたことを言って、胡座を掻いて座る緑野の背後に回り、背中合わせに座った。

本当は抱きつきたかったが、なぜかできなくて、広い背に身体を預けてプリンを食べる。

「おまえ……ファザコンか」

緑野が妙に納得したように言う。

「は？」

「親父《おやじ》さんが死んで、恋しいんだろ」

「はあ？　ないない。父さんにそんな、くっついたり触ったりなんてしてなかったし。でも……でもまあ、ちょっと寂しいのかもな」

そういうことにした方が触りやすいと気づいて、そういうことにする。寂しくて甘えているように思われるのは心外だが、触りたい気持ちが勝った。

それからは遠慮なく触らせてもらった。ベタベタと。

緑野は若干迷惑そうだったが、溜息ひとつで好きにさせてくれた。


三角筋と上腕二頭筋の境目をグリグリされるのが苦手らしい。と、緑野の弱点を発見した頃、受験が終わった。

ホッとしても合格発表前はふわふわして落ち着かない。家にじっとしていたくなくて、久しぶりに緑野たちと夜の街にくり出した。

「篤士おまえ、身体鍛えてないか？　筋肉がなんかムキムキしてきてるぞ」

高木は隣を歩く緑野の腕をジャンパーの上から摑んだ。

「別に鍛えてはない」

「あれじゃね？　モデルとか見られるときれいになるっていうじゃん。おまえがベタベタ触るから育ったんじゃねえの？」

反対側から緑野の腕を摑んで確認しつつ田沼が言った。

「じゃあ俺のおかげか、この上腕二頭筋の盛り上がりは」

バシバシ叩けば睨まれた。

「おまえな、そんなか弱くないんだから、思いっきり叩くな。痛えんだよ」

「あ、もしかして筋肉腫れてるだけなんじゃねえの？」

柿田が言って、みんなで笑いながら緑野を叩く。

そんなくだらなくて楽しい時間も久しぶりだった。試験の出来もそこそこで、とりあえず人事は尽くしたので天命を待っている状態。もうできることはなにもない。

「やあ、高木じゃないか。久しぶり」

「あー、牧原さん……どーも」

気を抜いてニコニコ歩いているところに、嫌な顔を見て一気にテンションが下がる。

無駄に艶々した茶髪、長めの前髪の間から手入れされた細い眉と一重の目が覗き、薄い唇《くちびる》には軽薄そうな笑みが浮かんでいる。ひょろりと背は高く、着ているパーカーとジーンズは、ラフだがたぶん値の張るブランドもの。お洒落だし、立ち姿はモデルのようだが、いつもいかに自分が格好よく見えるか考えているのだと知ると、格好よく見えなくなる。

「愛想がないなあ。前はくっついてきて可愛かったのに」

横に回り込んで肩を抱かれた。ふわりといつもの香水の匂いがして、不快で離れようとしたが、牧原は顔を寄せてくる。

「自分からくっついた覚えはないんですけど」

「照れるなよ、べったりだっただろ。だから抱いてやるつもりだったのに、横からかっ攫《さら》われた」

そう言って視線を緑野に向ける。

「そっちはないって、何度言ったらわかってもらえるんですか？　こいつもあいつもあいつも、ただのお友達です」

前に田沼も絡まれたと言っていた。この人には普通の友達関係は存在しないのか。

「まだそんなこと言ってるの？　だから僕に抱かれろって。高木はすごく可愛くなるよ」

話が通じない。人の話は聞かないし、自分の主張を曲げることもしない。周りにいるのはイエスマンばかりだった。どこかの金持ちの御曹司《おんぞうし》らしく、ご機嫌取りは後を絶たない。

「なりません。絶対」

「そういえば、きみがT大を受けたって噂になってたけど、本当？」

「本当ですよ。牧原さんは、今年は受けなかったんですか？」

遠慮もなく訊き返せば、やっと言葉がその耳に届いたようで、不快そうに細い眉を顰《ひそ》めた。

牧原も頭はよかった。余裕綽々だったが落ちて、それからは派手に遊び歩いていた。今年はたぶん受けていない。

「やめたんだよ、馬鹿らしくなって。ちまちま勉強していい大学に行かなきゃならないのは庶民だからな」

「そうですか」

自分を真っ直ぐ立てるために、世の中の価値観を斜めにする。考え方がお殿様《とのさま》なのだ。それもかなりの馬鹿殿。侮蔑が顔に出そうになったが、面倒を回避するために愛想笑いを浮かべ、「じゃ」と離れようとした。

「待てよ。ただのお友達と遊ぶより、僕と楽しい遊びをしようぜ」

牧原はさらに顔を寄せてきて、耳元に息を吹きかけた。ゾッとして押しのける。

「けっこうです」

「遠慮するなよ。お勉強ばっかかで溜まってんだろ？　抱かれ方、教えてやるから」

「そんなのいらないって！　いい加減にしろよ!?」

まったく話にならなくて、胸ぐらを摑んで恫喝《どうかつ》したのに、牧原はまだニヤニヤ笑っている。これはもう痛みでわからせるしかないと、拳を振り上げたのだが、摑んでいた胸ぐらを横から引ったくられた。

それまで黙ってやり取りを見ていた緑野が、引ったくった牧原をそのまま横に放り投げた。牧原は玩具のように飛んで、ゴミの山に受け止められる。

「な、て、てめえっ！」

ゴミに埋もれたまま、牧原は緑野に食ってかかった。

「おまえ、ふられてんだよ、いい加減わかれよ」

牧原を睥睨《へいげい》し、緑野は低い声で言った。恫喝よりもずっと迫力がある。牧原は青くなった。

「お、お、おまえに関係ないだろ。それともやっぱり、おまえが抱いてんの？」

「下衆が。その口、きけなくしてやろうか？」

高木でさえゾッとするほどの冷ややかな声だった。本気で怒っているのが伝わってくる。珍しい。いや初めてかもしれない。本気で怒った緑野を見たのは。

「篤士、やめとけ。牧原さんも、死にたくなかったら想にちょっかいかけるのはやめた方がいい」

田沼が間に割って入って、牧原に警告した。柿田はすかさず緑野の背を押して歩き出し、高木も田沼と共に跡を追った。牧原はブツブツ言っていたが、追いかけてはこなかった。

「ごめん、変なのに巻き込んで」

微妙な空気を断ち切りたくて高木は口を開いた。

「おまえが謝ることじゃない。でも、気をつけろよ、想」

怒り冷めやらぬ様子の緑野は、まだその目に怒気を宿していた。

「わかってる。大丈夫だ」

安心させようと微笑めば、緑野の眉間の皺が深くなった。

「おまえ、怖いよ、その顔」

自分の中に芽生えた怯《おび》えを受け入れたくなくて、高木は茶化すように言った。緑野を怖いと思ってしまった自分を笑い飛ばしたくて。

「ああいう輩《やから》、嫌いだよなあ、篤士は」

「まあ俺もイライラしたけどな。アホすぎて。ぶん殴りたかった」

田沼と柿田は至って通常通りのテンションで緑野に話しかける。緑野は溜息をつき、ようやく怒りを解いた。それを見て高木もホッとする。

「とにかく、気をつけろ」

「うん、わかった」

牧原は薬をやっているとか、強姦《ごうかん》まがいのことをしたとか、たちの悪い噂も多い。ひとりではなにもできない男だが、金の力を持っている。親の金だが。

「出歩く時は俺を呼べ」

「出たよ、過保護」

「想なんてちっとも可愛くないのに」

「うっせえよ。なんで俺が可愛くなくて責められなきゃなんねえんだよ」

冗談で空気を変える。もう牧原のことなんて思い出したくない。緑野にも思い出してほしくなかった。べったりだったなんて、まさか信じないとは思うけど、緑野と牧原ではまったく違うと言い訳したかった。でもわざわざ言うのもおかしくて、心密かに牧原を呪《のろ》う。

「可愛いよ。俺は知ってる」

緑野がボソッと言った。

「え？」

「なんでもねえ。そんなのどうでもいいんだ」

緑野は不機嫌そうに言ったが、高木は遅れて赤くなる。

可愛いなんて、なにを言ってるのか。それで赤くなる自分もどうなのか……。眉を顰めて、赤い顔を見られないようにさりげなく顔を背けた。

逃がした視線の先で、田沼がニヤニヤ笑っていた。柿田は不思議そうな顔をしている。

「よかったなあ、想」

田沼に耳元で囁《ささや》かれ、

「な、なにがだよっ」

睨みつけたのだが、顔がますます赤くなって、逃げるように背を向けた。


合格の報《しら》せが高木の元に届いたのは、それから数日後のことだった。

とりあえずメールで合格した旨を伝えると、三人は祝ってやると言って、高木の家に押しかけてきた。ひとり暮らしの高木家は、未成年が酒盛りするには持ってこいの場所だった。

「想おまえ、実はすごい奴だったんだな」

「まさか受かるとは思ってなかったよなあ」

田沼と柿田の言葉に緑野がうなずく。

「んだよ、おまえらみんな落ちると思ってたのかよ」

「そりゃそうだろ。T大だぜ⁉　なんて言って慰めるかしか考えてなかった」

「ほう、じゃあ慰めてみろよ」

「まあまあ、飲んで飲んで」

田沼は拗ねた高木の肩を叩いて、缶ビールを手渡した。

「酔って忘れちまおうぜ！　っていうのしか、考えてなかった」

「はあ？　それだけ⁉　せめていろいろ考えろよ。ていうか、受かった時のも考えとけよ！」

唇を尖らせて文句を言えば、三人はニヤニヤ笑って、

「おめでとう！」

一斉にクラッカーを鳴らした。耳がキーンとなったが、目の前に色とりどりのケーキが現れた瞬間、口から出かかった文句は消えた。いろんな種類のケーキが十個ほど、箱の中にぎゅうぎゅうに詰まっている。

「おお、おおお、ありがとう！　おまえらいい奴だな」

宝石のようなケーキたちに目を輝かせ、その瞳のまま礼を言う。

「現金な奴だな。いいから、食え食え！」

「いいのか？　全部俺が食っていいのか？」

「おまえしか食う奴いねえから。遠慮すんな」

「ありがとう！　飲んでいいぞ、俺の分も飲め！」

　キッチンと続いているリビングルームにはコの字型にソファがあり、真ん中にローテーブルがある。そのテーブルの上に、ケーキとビールと乾きもの。大したものはないが、ワーワーと盛り上がった。

　父はこれを見ているだろうか。怒っているか、呆れているか。祝い事だからと未成年の飲酒を見逃してくれるとは思えない。警察幹部を目指そうという者が何事だ、とは自分でも思うのだが、今日は最後の無礼講。三人もたぶんそれはわかっている。

　卒業したらそれぞれに進路は別れる。田沼は専門学校、柿田と緑野は地元で就職。高木は大学近くのアパートに引っ越す予定だ。この家は人に貸すか売ることも考えたが、今はまだ両親の思い出が強すぎて他人に渡す気になれない。

　休みには帰ってきて、ここに集まって騒ぐことはできるだろう。しかし今までのように日常的に会うことはできなくなる。

　違う道を歩きはじめるのだ。それぞれに。

　それがわかっているから、みんないつもよりテンションが高かった。どうでもいいことで盛り上がって、そして一気に落ちた。

ソファで田沼が、その下のラグの上で柿田が寝て、盛大ないびきの二重奏を奏ではじめる。

「うるせーな」

「カキなんて起きてる時は静かなのに、寝るとうるさいよな」

高木がこれを未成年最後の酒盛りにすると宣言したら、自分たちもそうすると言って、アホのように飲んだ。別に自分がいないところで酒盛りするのはかまわないと言ったのだが、付き合ってくれるらしい。

「おまえは寝ないの？　けっこう飲んだだろ」

緑野に話を振った。

「俺は大して飲んでねえよ。おまえはケーキ半分以上食べた上に飲んだだろ。太るぞ」

「大丈夫。その分消費するから」

「道場か？」

「明日は剣道場に行くかな。おまえも行く？」

「俺は礼節を重んじるとか、そういうの苦手なんだよ。なんでも自己流だ」

その時、二人のいびきが上と下でハモって、顔を見合わせて笑う。

「二次会やるか、俺の部屋で」

酎ハイの缶を持って緑野を二階の自分の部屋に誘った。深い意味があったわけではない。もう少し喋っていたかったのだ、二人で。

本当はずっと喋っていたかった。朝までといわず、ずっと。二人だけで。

階段を上がってすぐのドアを開ければ、学習机とベッドがある六畳間。参考書や漫画が適当に散らかっているが、寄せて積んでしまえばそれで片付く。

「合格とか紙に書いて壁に貼ってるもんじゃねえの？　受験生って」

「しねえよ。なんの漫画だよ」

緑野はベッドに座り、高木は学習机の椅子を引いて座った。

「でも本当、よく受かったな」

「まあな。俺、要領はいいんだよ。勉強も要領だからな。この調子で俺はひょいひょいと世の中渡っていくぜ」

「おまえならできるだろうな」

「なんだよ。そんなにうまくいくかって言うところだろ、ここは。調子に乗るなって」

「いや。おまえならきっとうまくいく。そんな気がする」

「なんだよ、それ。完全に他人事《ひとごと》だな」

そう言ったら、緑野は少し困ったように笑った。他人事じゃないなんて言えるはずもない。

なぜか急に涙が込み上げてきて、高木は強く鼻を擦った。目をしばしばさせて酎ハイをあおる。

この先の人生、緑野の道と自分の道はまったく方向が違う。そういう道を自分で選んだ。

警察官僚なんて、地元の土木会社に就職する緑野とは絶対に交わることのない道だ。時々会って酒を飲むくらいはできるだろうけど、それじゃ足りないという思いが溢《あふ》れそうになる。

「おまえもきっとうまくいくって。今までの分を取り返せる。すっげー美人の奥さんもらって、可愛い子供作って、めちゃくちゃ幸せな家庭築くとか」

女には好かれるし、子供も可愛がれるし、家事もできる。実はとても家庭的な男なのだ、緑野は。でも家庭に縁がなかった。大人になれば、自分主体で幸せな家庭が築ける。それを心から願っている。

「他人事、か」

ボソッと緑野が呟いたのは聞こえないふりをした。

そこに自分はいなくて、自分以外の人間が緑野の隣にいる。そんなことは考えたくなかった。

「んだよ、辛気《しんき》くせーな。めっちゃ幸せな未来が待ってんだよ、俺たちみんな。絶対」

乾杯！　と缶を掲げれば、軽く合わせてくれる。

明るい未来の話をするとなぜか暗くなるので、楽しかった過去の話ばかりした。

「あ！　これ、これおまえにやる。受験勉強の合間に、息抜きで削ってたんだ。おまえが前に来た時に、木切れ置いてっただろ」

高木は机の引き出しから小さな木片を取り出した。緑野は暇潰しによく木をナイフで削って、小さな生き物を作っては妹にプレゼントしていた。それを真似《まね》したのだ。

緑野に手を広げさせて、その上に乗せる。ちょこんと可愛く座るはずが、コロッと転んだ。

「なんだ、これ？　狸……太った狐か？」

「てめえ、わかってて言ってるだろ。熊だよ！」

「わかってると思うおまえがおかしい。熊？　それはねえだろ」

「鮭咥《くわ》えてるだろ、ちゃんと」

「は？　この爪楊枝《つまようじ》もどきが鮭？」

「尾びれもあるだろ。苦労したんだぜ」

「……まあ。なんだろ。メザシ？　を咥えた狐なら、かろうじて」

「くそ。俺の想いを込めた力作を。いいよ。おまえにはやらねえ」

取り上げようとしたら、手が閉じられた。拳の中にきれいに収まる。

「もらっておく。不器用なおまえがちまちま削ってる姿が想像できて笑える」

「失礼だな。もういい、返せよ！」

「もらったもんは、俺のもん」

遠ざけられた拳を追いかけて手を伸ばせば、緑野が後ろに倒れて上から覆い被さる格好になった。ベッドの上、顔と顔が間近に迫る。

「俺のもん、だろ？」

緑野は真っ直ぐに高木の目を見つめて言った。

なんだ、これは……。心臓が勘違いして走り出す。バクバク壊れそうになる。

「しょ、しょうがねえな。大事にしろよ」

内心かなり焦りながら、ベッドに手を突いて緑野から離れようとした。しかし、緑野の腕が腰に巻きついてきて、動けなくなった。

「ああ。大事にする」

緑野は笑って木彫りの熊を見つめる。反対の手は高木の腰に回されたまま。

「離せよ」

「嫌だ。もうこのまま寝ちまえよ」

離すどころか引き寄せられて、高木はカーッと真っ赤になった。

「こ、こんな体勢で寝られるわけねえだろ。おまえ酔ってるな⁉　ひとりで寝ろ」

「別に酔ってねえけど……。わかった。じゃあ俺はここで寝る」

緑野は高木から手を離し、代わりに枕を引き寄せて顔を埋《うず》めた。

あの枕カバーを洗ったのはいつだったか。変な匂いがしないか心配になる。

鼓動を落ち着けるべく、階下に降りて田沼たちに布団をかけ、部屋の中をザッと片付けた。

半時ほどで戻ると緑野は完全に寝ていた。仰向《あおむ》けに寝息を立てて。布団をかけてもピクリとも動かない。

高木は床に座って、その寝顔をじっと見つめる。

くっきりメリハリのきいた男らしい顔。初めて見た時から格好いいと思った。顔よりその動きに目を奪われた。

そばにいたいと思って、やや強引に近づいて、隣にいられるだけで幸せだった。一緒にいると寂しさを忘れられたし、触ってもいいと言ってもらえた時は、自分でも驚くほど嬉しかった。甘やかされていたと思う。ぬるま湯に浸っていられた。

でも、もうぬるま湯から出なくてはならない。これから緑野が甘やかすのは、どこの誰とも知らぬ女性だ。それで幸せになればいい。

それでいいと思うのに、胸がキリキリ痛んでしょうがない。身を裂かれるようなこの辛さを表す、適切な言葉がなにかあったような気がするのだが……。

——ああそうだ、失恋だ。

今まで恋らしい恋もしたことはなく、だから当然失恋の痛みなんて知らないのに、やっぱりこれは失恋で正解だと思う。

親友という言葉ではまったく収まりのつかない感情。

恋をしていたのだ、自分は、緑野に。触りたかったのも、懐きたかったのも、今離れたくなくて泣きそうなのも、恋ゆえ。

でも、緑野を抱きたいなんて思ったことはない。さすがにそれは無理だと思う。

――まさか、抱かれたい、のか……？

そう思って改めて緑野の逞しい腕を見れば、胸がドキドキした。その腕に抱きしめられる自分を想像した途端、身体がカーッと熱くなった。

そっちはないと思っていたけど、実はありだったのか。認めたくないが、牧原は鋭かったのか。でもたぶんこれは緑野限定で、牧原に抱かれて目覚めるなんてことは絶対になかった。だけど緑野だからこそ、そういうふうに考えたくなったというのもきっとある。恋だとしか思えない気持ちから頑なに目を背けてきたのは、どうしても失いたくなかったから。友達なら離れることはあっても失うことはない。多くを求めなければ、傷つかない。

しかし、認めた途端に欲しくてたまらなくなった。視線は緑野の唇に吸い寄せられる。薄く開いた唇が、まるで誘っているかのように見える。

そっと手を伸ばして触れてみれば、指先に意外な柔らかさを感じてハッと手を引いた。遅れて鼓動が走り出す。

緑野は起きない。全然起きる気配がなくて困ってしまう。

一度背を向けて、ゆっくり深呼吸をしてみた。落ち着け、これ以上馬鹿なことをするなと、自分に言い聞かせる。

だけどたぶん、これが最後のチャンスだ。この先一生、緑野の唇に触れることなど叶わないに違いない。だったらもう少しだけ……。

唆《そそのか》す声は、いつしか抗《あらが》えない悪魔の囁きに変わった。

ちょっとだけ、ほんの少し唇を合わせてみるだけ。

前に進むか、後ろに退くかの選択では、どうしても前を選んでしまう。後悔するとわかっていても、退けない。

緑野と出会うきっかけもそうだった。ヤクザ相手に喧嘩を売った。なにが賢い選択かはわかっているのに、選べない。

立ち上がって、緑野の顔の横に手を突いて、前のめりにゆっくりと顔を近づけていく。起きないでくれと念じながら、その吐息を奪い、触れた。

柔らかな肉の感触。触れ合ったところにビビッと電流が走ったような気がして、慌てて離れた。もっと触れたかったのに、本当にほんのちょっとだった。

でも、やってしまった。

離れる時に緑野の唇を揺らしてしまったけど、大丈夫、起きない。ホッとした途端に罪悪感が込み上げてきた。こっそりなんて、すごく卑怯なことをしてしまった。

後悔に暗い気持ちになった時、緑野の目がパチッと開いて、ひゅっと息を呑んだ。

地獄への扉が開いた。この世の終わりだ。そう、思った。

「え、あ、あの、えっと……」

必死で言い訳を探す。まだ死ねない。なんとかごまかさなくては。

「ちょっとふざけて……その、ごめん。あの、ごめん……」

頭はいいはずなのに、要領だっていいはずなのに、適当な言葉がなにも浮かんでこなかった。謝る以外には、なにも。

じわっと涙目になる。どうしていいのかわからなくて、とりあえずこの場から逃げ出そうとした。

しかしそれより一瞬早く、手首を掴まれた。咄嗟に引き抜こうとしたが、大きな手はビクともしない。

「ご、ごめ……」

緑野は表情がなくて、絶対怒っているのだと思った。力の入らない手をそれでも引こうとしたら、逆に引っ張られた。緑野の上に突っ伏して、胸と胸がぴったり合わさる。破裂しそうな鼓動が、緑野の胸を直接叩く。

「ご、ごめんっ」

もうなにを謝っているのかもわからず、焦って離れようとしたら、巻きついてきた腕に阻まれ、くるりと天地が入れ替わった。気づけばベッドの上。緑野に組み敷かれている。

「篤、士……？」

見下ろしてくる顔は真剣で、やはり怒っているとしか思えなかった。

これはどういう状況なのか、これからどうなるのか。わからないまま、もう一度謝ろうと開きかけた唇に、緑野が噛みついてきた。

高木はギュッと目を閉じて、防御の構えを取る。

しかしそれは攻撃ではなかった。情熱的なキスだと気づくのに少し時間がかかった。

官能を刺激して、その気にさせようと煽《あお》る、前戯のようなキス。

そんなものに高木は対応できなかった。唇は半開きのまま、煽られていいのかもわからずにただ固まる。

こめかみに緑野の指が触れ、ビクッと逃げようとした頭を包み込むように指が滑り、髪を掻き上げられた。優しく熱っぽい手つきで髪を乱され、何度も角度を変えて口づけられる。

そこで初めて、寝ぼけて女性と勘違いしている可能性に思い当たった。

緑野にこんなことをされたら、それはもういいやって気分になるだろう。許すし、お金だって貢ぎたくなるし、なんでもしてあげたくなる。女性なら……女性でなくてもイチコロだ。間違われているにしても、緑野にキスされているのだから喜べばいい。けど、気持ちは暗く沈んでいく。

「想……」

吐息混じりに名前を呼ばれてハッとする。緑野の目を見れば、すぐ近くに今まで見たことのない瞳があった。

喧嘩を挑む時の瞳と似ているが、ちょっと熱っぽい。睨んでいるように鋭いけど、なにか

を懇願するようでもある。

魅入られたように目が離せなくなった。

見つめ合ったまま、唇がまた近づいてきて、唇に触れた。容赦なく舌が侵入してきて、口内を蹂躙《じゅうりん》する。唾液《だえき》が溢れ、緑野の唇はそれを辿《たど》るように、口の端から耳元、そして首筋へと移動していく。

新しい場所に触れられるたび、身体が小刻みに震えた。小動物のようにビクビクしている。緑野がなにをするつもりなのかなんて、答えはひとつしか思いつかない。でも、そんなはずはない。緑野が自分にそんなことをするはずがない。他の答えを探すが、いい大学に受かった頭脳は、まるで役に立たなかった。

「篤士……酔ってる？」

絞り出せた答えはそんなもの。

「かもな」

問いかけに緑野は冷静に答えたが、高木をむさぼることはやめなかった。酔っぱらいの悪ふざけでなら、男も抱けるというのか。

できるなら、してほしい。高木に止めるという選択肢はない。どちらかといえば、煽りたい。

でも、どうすれば煽れるのかもわからなかった。

女みたいに誘えばいいのだろうか。でも普段の高木を知っている緑野は、逆に興ざめするんじゃないのか。絶対笑える。うまくできるとは思えない。

悶々と考えていると襟元が広げられて、平らな胸を吸われた。

「あ、あぁっ」

声が出て、思わず手で口を塞ぐ。自分で自分の声にびっくりした。女みたいな声が出た。しかし緑野は気にする様子もなくまた胸を吸い上げる。女みたいでも笑わないようだが、とにかく声は殺した。口に拳を押し当てて、歯を食いしばる。そうして自分の胸元に視線を落とせば、緑野が自分の乳首を舐《な》めているのが見えた。

わけのわからない光景だ。緑野に抱きしめられ、舐められ、時に吸われたりもする。

なにがなんだかわからないが、身体は反応し、心は打ち震えた。

「ん……んンッ……」

押し殺しても上ずった声が漏れる。少しだけ待ってほしいと思うが、待ったをかけた瞬間に醒めてしまうかもしれない……そう思うとなにも言えなかった。ただ翻弄《ほんろう》され、流される。

緑野の舌は、なにか淫猥《いんわい》な玩具のようだ。まるでそれ用に開発されたもののように、いい具合に小さな乳首に絡みつき、キュッと吸い上げる。

「ハ、あぁ……」

緑野の肩に置いていた手は、筋肉の膨らみをなぞってその背に。いつしかしがみついていた。発達した筋肉は敵なら恐ろしいが、味方なら頼もしい。縋りつけば安心できた。

もうどうとでもすればいい。してほしい。

緑野は言葉でなにか説明するつもりはないらしく、一言も発しなかった。ただ高木の身体を弄《いじ》り回し、声を溢れさせる。

するりと服を脱がされて、露出した肌に緑野の肌が触れてハッと我に返る。いつの間に緑野は服を脱いだのか、気づけば全裸で抱き合っていた。

慣れているのだろう。ここまでは女を抱くのとそれほど大きな差はない。

「ん……んっ、あ……」

それに比べて、初めて抱かれる自分の声の色気なさよ。抑えても可愛くなくて、高く上ずっても可愛くない。やっぱりどうにも可愛くなくて、自分に幻滅する。

だけど緑野は、いろんなところを舐めては声を溢れさせた。

高木は何度も自分の口を押さえたが、何度もその手を剝がされてしまう。

「や……、いや、聞くな……っ」

ついに声で訴えれば、耳をペロッと舐められた。

「ひゃっ――」

最高に変な声が出て、緑野はニッと笑った。そしてその手を股間《こかん》へと伸ばす。内腿《うちもも》をさらっと撫でられ、熱を持った中心を大きな手に包み込まれる。

途端に全身に緊張が走り、緩く擦られると、ふぅっと力が抜けていった。

逞しい身体を抱きしめて、嬉しくて泣きそうになる。

明確な男の部分に触れても、やめようとしない。恐れていた最後の関門を易々《やすやす》と突破され、堰《せ》き止めていた想いが一気に溢れ出す。

嬉しい。好きだ。もっとして。もっと触って。

「あ、あ……篤士、あつしぃ、……あぁ」

その手に、唇に、翻弄される。大きな波に攫われ、ずぶずぶと溺れて、もうなにも難しいことは考えられなかった。

「あ、ああ……」

気持ちいい。顔に似合わぬ器用な指に踊らされ、心も身体も痺れて、なにひとつ抗えない。

「い、あ、篤士……ダメ、そこ……あ、待って、待って……」

待ったをかけることにも躊躇はなくなり、しかし緑野は当然のようにそれを無視した。

「想……」

低い声で名を呼ばれ、それだけでイキそうになる。

ギュッと抱きしめて、その胸に頬を擦りつけて、なんとか堪えた。篤士、篤士と譫言《うわごと》のように名を呼び返し、感じるままに腰を揺らし、甘い吐息を漏らす。

この先になにが待っているのかはわかっている。だけど、それが自分にできるのか、自分がどうなるのかはわからない。

怖い。でも欲しい。くれるのなら……。

「あ、もう……イキそ……なあ、篤士……」

目で催促した。緑野の目がスッと細くなって、ゾクッと背筋が震える。

女よりいいと思ってもらえる自信なんかないけど、もう我慢ができない。初めてなのにどうしようもなく欲しかった。

求めているのはたぶん快楽より、もっと別のもの。

「篤士、篤士……して、もっと……」

見てほしい、触ってほしい、かまってほしい……そんな子供じみた欲。その延長線上にある、入れてほしい。願いはちっとも子供じみてはいないけど。

いろんな感情が剝《む》き出しになって、素直に口をついて出た。

「ねえ、ねえ……欲し……欲しいよっ……篤士が」

同い年なのに、緑野にはどうも甘ったれてしまう。わがままを言うのは、それを受け入れてもらえる心地よさを知っているから。優しい男だと知っているから。

「いいのか?」

緑野は指を後ろへと滑らせ、穴に触れて問いかけた。低く掠《かす》れた声で。

プレイボーイらしからぬ愚問。そんなのは見ればわかるだろう。これまでなにひとつ意思確認などせずに突っ走ってきたくせに、急にそんなことを訊かれれば不安になってしまう。

「俺は、いいよ。……おまえは？」

怖《お》じ気《け》づいたんじゃないのか。さすがにこんなところに入れるのは……と思ったとしても無理はない。問い返した高木の顔を見て、緑野はフッと笑った。

怖い顔ばかり見ていたので少しホッとする。

「俺がしたいから、お伺いを立ててるんだろ」

額を合わせるようにして言われ、ただでさえ熱い顔がさらに熱を持った。

「し、したいのか？　本当に？」

「ああ」

「じゃ、いい。して」

どんな理由でもかまいはしなかった。ただこの場限りの性欲であっても。緑野がしたいと思っているのなら、してほしい。

熱く湿った身体に縋りつき、強く引き寄せる。手に、胸に、吸いつく感じが堪《たま》らなくて、自分の身体を押しつける。

「おまえ、そんなこと言って、そんなことして……ホント、馬鹿だな」

耳元で呆れたように言われた。

「お、俺は馬鹿じゃな……っ」

思わず反論すれば、緑野にぎゅっと抱きしめ返されて言葉を失う。

身体がぴったり密着し、互いの感じるところと感じるところが接する。力強く速い鼓動が伝わって、同じ熱に包み込まれて、なにもしなくても気持ちよかった。

こんな幸せな気持ち……。緑野も同じならいいのにと切実に思う。

「馬鹿だよおまえは。煽んな。……壊しちまう」

首筋に歯を立てるようにして言われた。

「え……？」

言葉の意味はすぐにわかった。少なくとも、壊すという言葉に関しては。

「や、あ、あ、待って……待っ……ん、あっ」

いきなり、とんでもない濁流に呑み込まれた。翻弄されて天地もわからず、ただ緑野に縋りつく。

「あ……ん、やっ、乳首、イヤッ」

上も下も感じるところを全部刺激され、どうにかひとつだけでも逃がそうと伸びをする。

「イヤ？　ああ、気持ちいいのか。……んな可愛いの……ヤべえよ、マジ」

可愛いなんて言葉にほんのり喜んでしまうが、また乳首を吸われて、イヤイヤをするように首を激しく横に振った。

「イヤだって言って……篤士、……バカ！」

緑野の顔に手を当てて押しのけようとしたが、手首を摑まれ、脈を取る辺りに口づけられる。それから唇に、宥めるような優しいキスをされ、いともあっさり宥められてしまった。

とろんと緑野を見上げれば、どこか困ったような顔に見下ろされる。

「想おまえ……ホントに、男か……？」

その言葉に胸の奥がズキッと痛んだ。頭をもたげかけた自尊心を、緑野の巧みな舌使いが摘《つ》み取っていく。

男だ。女じゃない。でも、どうしようもなく感じてしまう。女みたいに胸も感じる。硬く立ち上がって主張する男のシンボルは、緑野の指に好き放題されて、その先端からよだれをこぼしていた。

なにを言われても反論できない。男なのに緑野が好きだ。触られれば気持ちよくて、あられもない声を上げてしまう。

後ろの穴を指で解《ほぐ》されると、快感に違和感が混ざる。しかしそこに緑野の熱い猛《たけ》りを押しつけられると、奥の方が期待にわななないた。

欲しい。欲しい。

だから脚を開いて腰を浮かすなんていう恥ずかしい体勢も受け入れ、ぎゅっと目を閉じてその時を待った。しかし、来ない。

どうしたのかと薄目を開けると、緑野は難しい顔でじっとこちらを見下ろしていた。

「な、に……?」

まさかここまで来て、やっぱりやめた……なんて言うのは勘弁してほしい。

しかし緑野は思いがけないことを訊いてきた。

「想……初めてか?」

今まで何度も、抱かれるのはないと言い続けてきたのに、いったいなにを聞いていたのか。おまえだから——という覚悟は、まったく伝わっていなかったらしい。

「……だと悪いのかよ。女みたいで、初めてで、悪いのか!?」

ふて腐れて喧嘩腰に突っかかれば、緑野は困った顔で、自分の腕を持ち上げて見せた。

「いや。悪いとかじゃなくて、ちょっと力を抜け。おまえガチガチだから」

その腕に自分の指がきつく食い込んでいるのを見て、ハッと手を開いた。途端に全身から力が抜け、自分が緊張していたことを知る。

「ごめん……」

緑野が痛いと思うほどの力だったのか。あれは困った顔ではなく、痛い顔だったらしい。

「謝るな。痛かったわけじゃない。女みたいだとも思ってない。男をこんなに可愛いと思うものかと……。自分がヤバいんだよ。これでもなんとか自制しようとしてるんだ。でもすぐ暴走しそうになる。俺もこんなのは初めてで、おまえにひどいことしちまうかもしれない」

緑野はそう言うと、高木の濡れた前髪を掻き上げ、前傾して唇を重ねた。

緑野は制御不能になる自分自身を恐れている。ブレーキをかけようとしている。それが伝わってきて、高木は少しホッとした。

「いいよ、ひどいことしても。俺、頑丈だし」

そのブレーキは壊したい。唇が離れるとすぐにそう告げ、笑いかけた。

「想……」

許しをもらった緑野の凶器のようなそれは、ゆっくりと高木の中に入ってきた。圧迫が強くなり、自然とまた息が詰まる。

「んん……ん、んンッ……」

それは喘《あえ》ぎというより呻《うめ》き声のようで、緑野はまた腰を止めた。落ち着くのを待ってくれているのかもしれないが、その優しさは不要だった。

「あ、も……一気に、やれよ。この程度じゃねぇ、だろ⁉」

挑む目をして言葉で挑発する。両脚で緑野の腰を挟み込み、自らの腰を押しつけようとしたが、ほんの少し揺らすことしかできなかった。それでもゾクッと背筋が震え、視界は涙で滲《にじ》む。

「おまえな、それはヤベえよ……。もう本当に……知らねえからな！」

キレた、ようだった。

グイッと一気に押し入ってきた猛りは想像をはるかに超えていて、まるで切り裂かれるような恐怖に、ただ息を呑むことしかできなかった。

引き抜かれ、押し込まれる。緑野から最前までの躊躇は消し飛び、その激しい抽挿《ちゅうそう》にまったくついていけない。緑野の腕はしっかり身体を抱いてくれていたが、縋りついていなくては自分が壊れてしまいそうだった。

「ヒッ、あ……ぁん……う、んンッ……」

声は不自然に途切れ、息継ぎもままならない。息苦しさに喘ぐ。

普段は温厚で我慢強い緑野だが、キレるとヤバいと聞いていた。だけど高木はそんなところは見たことがなかった。だから田沼たちが誇張して言っているのだろうと思っていた。

これが見境をなくした時の緑野なのか。

自分を見ているようで、見ていないような瞳。焦点は定まっていないのに、眼光は鋭い。今は怒りに我を忘れているわけではなく、遠慮も加減もなくただ本能のままむさぼっている。

それが、嬉しい。頑丈でよかった、と思う。

こんな緑野はきっと誰も知らない。それを見られただけで満足だ。その激しさに応えるだけのスキルはないけど、受け入れることはできる。

緑野は何度も体勢を入れ替え、いろんな角度から高木の奥深くを突いた。

「ん――あぁ……」

身体を震わせて己の中に放つ緑野を見て、高木も身を震わせる。

自分がイッたのかどうかもよくわからないまま、また揺さぶられて、息つく暇もない。

その激しさはなかなか収まらなかった。身体は悲鳴を上げるが、口づけられ、きつく抱きしめられると心は悦《よろこ》んで、次第に夢の中のようにふわふわしてくる。

心の中も、身体の中も、緑野でいっぱいだ。

「あ、あぁ……あつ、し……篤士……」

緑野の体力も無限ではなく、最初の勢いが落ちてやっと、高木は緑野の名前を口にすることができた。しかし声はひどく掠れていた。

その声に我に返ったのか、緑野は心配そうに高木の顔を覗き込んだ。

「想……大丈夫か？」

「大丈夫、じゃねえよ……」

ムッと口をへの字に結んで文句を言う。拗ねたように。

「悪かった。俺ばっかり……。お詫《わ》びに気持ちよくしてやるから」

緑野はそう宣言して、すっかり元気をなくした高木の股間のものを握った。

「え、ちょっ……あ、あっ……」

さっきまでとは別人のように優しく、指は緩やかに絡みついて言葉通り高木を気持ちよくさせる。

「あ……あぁ……んっ、篤士……ぁ、ああっ……」

刺激するツボを心得ているのは同じ男だからなのか。まさかやり慣れているということはないだろう。され慣れてはいるだろうけど。

緑野は高木の全身、感じるところをすべて暴くかのように舌や指を這《は》わせ、自分が放った回数より多く、高木をイかせた。

「もう、無理……」

高木がギブアップすると、胸の上に引き寄せて腕の中に抱き込む。

高木はその厚い胸板に頬を預け、ホッと息をついた。気を抜いたところに、緑野の手が尻《しり》の狭間《はざま》に滑り込んできて、ビクッと顔を上げる。

「な、な、おま……」

今さらだが、終わった後に触られると、なんだか妙に恥ずかしい。まったく今さらだが、真っ赤になって逃げを打つ。

「中に出しちまったから。気持ち悪いだろ、拭いてやる」

緑野は至極冷静にとんでもないことを言った。

「ば、バッカ、いらねえよ！」

半身を起こして緑野を見下ろし、睨みつけた。でもじっと見つめられて、じわりと目を逸らす。いつもと違う淫《みだ》らな雰囲気の緑野を直視できない。空気もなんだかねっとりしているようで落ち着かない。緑野は慣れているのだろうけど。

いろんな意味で尻がモゾモゾする。

緑野にはわからないようにじわじわ尻を動かしていると、

「おまえってホント……」

緑野がクックッと笑い出した。

「んだよ！　バカにしてんだろ、おまえ」

高木が怒って赤くなると、さらに楽しげに笑った。

「してねえよ、バカになんて」

しばらくして笑いを収めた緑野は、優しい目を高木に向けた。

その顔はいつもより男くさく、大人びて、少し気怠《けだる》げで。見ているとまた赤くなってしまう。だからベッドの縁《へり》に腰かけて緑野に背を向けた。

「で、……どうだったよ？　男を抱いた感想は」

目を逸らしたまま、努めて軽い調子で訊いてみた。内心は恐る恐るだったが。

緑野の激しさや優しい目に、少し期待したのだ。いや、すごく期待した。悪くなかったと言ってもらえるに違いない、と。

でもなかなか返事が来なくて、どんどん不安になっていく。

激しさは最中だけ。優しさは友達だから。やってる時は夢中になっても、終わったら一気に醒めた、という話も聞いたことがある。

男を抱いた感想なんて訊くべきではなかった。ここはさらっと流すべきだった。

「まあ、悪くはなかったな」

思った通りの答えが返ってきたのに、まったく嬉しくなかった。声のトーンが違うのだ。さっきまでの笑い声の延長で、もっと明るく言ってもらえるはずだったのに。

すごく深刻で暗い声だった。背を向けた一瞬の間に、緑野になにが起こったのか。どんな顔をしているのか気になったけど、怖くて振り返れない。

「なんだよそれ。別に俺に気ぃ使わなくていいんだぜ」

必死に、明るく、軽く言い返した。

「正直な感想だ。でも、男を抱くことは……二度とない、だろうな」

「え？」

思わず振り返った。緑野は無表情、無感情に天井を見上げている。本当にいったいなにがあったのか。顔つきも雰囲気もついさっきまでとまるで違う。

緑野がこっちを見ようとしたから、慌ててまた前を向いた。

「……そ、そっか、そっか。まあそうだよな。女抱けるのに、男を抱く必要なんかないよな。でも一生に一度くらいは悪くなかっただろ？」

震えそうになる声をなんとか明るく弾ませようとする。心には暗い澱《おり》が降りていくのに、顔は笑う。でも口の端は引きつっていた。

「ああ。悪くなかった」

じゃあ遊びでいいからまた……なんてことを言いそうになって呑み込んだ。そこまでプライドは低くない。

でも、どうにかすればどうにかなるんじゃないのか。もっと足掻けば、縋りつけばどうにかなるんじゃないのか、なんてことを思ってしまう。

「まあ俺も、おまえとはダチがいいや。でも、抱かれるのが癖になっちまったらおまえのせいだからな。俺が尻軽な淫乱になっちゃっても、責任取ってちゃんとダチでいろよ」

思っていることとは違うことが口から出てきた。強がって茶化す自分を俯瞰《ふかん》している自分がいて、自分に呆れつつ感心した。やっぱり頭はいい。感情とは違う言葉でも要点は組み込んでいる。ずっと友達でいてほしい、と。

「尻軽はやめろ。偉い警察官になるんだろ。自制しろ。淫乱なエリートなんて……」

緑野の声が不満そうなことに一抹の希望を抱いてしまう自分を笑う。

「お、いいな、淫乱エリートって響きが！　警察っていい男いっぱいいそうだし。上官命令だ、とか言って誘惑してみたり」

する気もないし、できるとも思えないが、とにかく茶化す。

「親父さんが泣くぞ」

「親父持ち出すなよ、ここで」

興ざめにもほどがある。

「ああ、悪ぃ。でも俺も……遠くから応援してる」

「は？　応援なんていらねえよ。俺は独りでもやれる子だからな」

遠くから。それが現実だ。物理的にも離れてしまうが、心の距離も離れてしまうのだろう。今もうすでに離れはじめている。急速に。

さっきまで手の中にあった温《ぬく》もりが、肌に感じていた熱が、もうどこにもない。指先よりも先に心が冷えて、寒くて堪らなくなった。今はそばにいるのが苦しい。

「俺……シャワー浴びてくるな。寝てていいぞ」

そそくさと立ち上がり、逃げるように部屋を出た。

緑野はたぶん冷静に先を見据えたのだ。こんなことはこれっきり。酔って悪のりしてやってしまったけど、引きずるつもりはない。それが互いのため。

熱いシャワーが頬を濡らすと、感化されたように涙が溢れて頬を伝った。温まりながら冷めていく。

抱くことは二度とない――。

思い出した瞬間に、心がパリンと割れた。今度こそ本物の失恋だ。同じ日に、同じ人間に、何度恋破れるのか。告白もしていないのに、成就したような気分になったり、ふられたり。

ひとり相撲《ずもう》とはまさにこのこと。

身体の表面から緑野の痕跡が流れていく。でもまだ、身体の奥に残っている。拭いてやるとまで言ったくせに。甘い空気があった気がしたのに。あれは友達への優しさだったのか？　男の尻を拭いてやるなんて、そんなこと普通言えないと思うのだが。

緑野にとって、誰かを抱くということ自体、大したことじゃないのかもしれない。触れて、相手を満足させて、そういう作業。

厄介な男に惚れてしまった。優しくて、懐《ふところ》が広くて、残酷な——。

ちゃんと友達に戻れるだろうか。戻れないなら失うしかないのだけど……。

自分がゲイだとわかった時から、独りで生きることになるのは覚悟していた。温かい家庭なんて築けない。父と母のようにはなれない。

だからエリートになって、仕事に生きがいを求め、ささやかな幸せというやつを手に入れる奴らを顎で使うのだ。

そんな人生設計だからこそ友達は失いたくない。特に緑野を失うのは……辛すぎる。

緑野の顔を見てもちゃんと笑えるように。その自信が持てるまで湯を浴びていた。シャワーで身体がふやけてしまうくらいに長く。

覚悟を決めて部屋に戻ったのに、緑野はそこにいなかった。居間で寝ていたはずの二人もいなくなっていた。

悪態をつきながらもホッとして、居間のソファに座ったらドッと疲れが押し寄せ、そのまま寝てしまった。

いつも通りに朝が来て、胸の痛みと身体の重さだけが昨日までと違っていた。違うのはそれだけだと思っていた。

すぐに会いに行く勇気はなくて、電話もメールもせずに家の掃除と荷造りに励んだ。ひとりで。誰とも会わずに。

その間に、周りの状況が取り返しのつかないほど大きく変わってしまうなんて、思いもしなかった。自分の中の傷さえ癒《い》えれば、元のように戻れるものと思っていた。

ぷっつり断ち切れた絆《きずな》。そこから十二年の不在。

傷が癒えるには充分すぎる時間が流れた。でもまだ、かさぶたを剝がすことができずにいる。剝がせば鮮血が流れ出す気がして。

友達に戻れたらきっと、かさぶたも自然に剝がれるだろう。

友達でいいのだ。ただそばにいてくれればいい。

自分が恋の主役になれないことはもう受け入れている。新しい恋をしようと自分に言い聞かせてきたけれど、本当は恋人が欲しいなんて、あの日からただの一度も思ったことはない。

◇ 参考人聴取

不本意ながら取り調べで知ってしまった緑野《みどりの》の過去。

十八歳の時に少年院送致されたと知っては、調べずにはいられなかった。幸い、その資料を閲覧するのはわりと簡単だ。

その原因となった傷害事件。まずは日付を見て眉《まゆ》を顰《ひそ》める。それは十二年前の三月。高木が緑野と寝たあの日の翌日の日付だった。

そして次に、被害者として記された名前を見て愕然《がくぜん》とする。緑野が重傷を負わせたとされる相手は四人。その中に牧原《まきはら》という名前があった。

事件の概要は、牧原たち四人が遊んでいた某《ぼう》ホテルの一室に、突然緑野が乱入して、さしたる理由もなく一方的に暴力をふるい、その中の一人に右足をナイフで刺されるまで暴れ続けた、というもの。

緑野を刺したのは牧原ではなく他の男だったが、リーダー格は牧原だったに違いない。

相手は複数で凶器まで持ち出しているが、あくまでも加害者は緑野。四人は被害者扱いだった。というのも、その暴力の理由を緑野が話さなかったから。

その結果、意味もなく無抵抗の相手に暴力をふるった加害者となり、二年間の少年院送致が決定した。ナイフで緑野を刺した男は正当防衛で保護観察処分となり、牧原たちは純粋な被害者でお咎《とが》めなし。

緑野のそれ以前の素行の悪さも影響したに違いないが、ひとりだけ処分が重い。牧原がいとこの子だということも、もしかしたらなにか影響したのかもしれない。

緑野が理由もなく暴力をふるったなんてありえないし、牧原が善良なただの被害者というのもありえない。

たぶん狙われていたのは自分。緑野はそれを阻止したのではないか。なにか緑野を怒らせるようなことを牧原がしたのではないのか。

緑野に訊《き》いても言うはずがない。警察にも、裁判でも話していないのだから。

確かめるまでもないことだが、真実が知りたかった。そして他にも訊きたいことがある。

高木《たかぎ》は別室にいた係長に、少し出てくると告げた。車を出そうかと問われ、私用だからと断った。

時刻は午後六時を少し過ぎたところ。捜査《そうさ》会議は終わったが、多くの者がまた捜査に出ていく。キャリア様はこんな時に私用外出かという非難の眼差《まなざ》しは、甘んじて受ける。

緑野のことであっても、今回の殺人事件とは直接関係ないはずだから。重要な証言が得られる可能性はあるが、これを放置したままでは捜査に集中できないというのは、個人的事情だ。

タクシーを二十分ほど走らせ、繁華街の入り口で降りる。夜も深まればネオンと酔客で溢《あふ》れる街も、今はまだ人の姿もまばらだった。

エリートビジネスマンが遊びに来るような街ではない。疲れたサラリーマンが仕事帰りに一杯引っかけるのが似合う街。

高木が足を止めたのは一軒のビルの前だった。雑居ビルが並ぶ中でも、黄色い壁はよく目立っている。目印になるように自分で塗ったのだと聞いた。

ここを訪ねてきたのは二度目だが、以前この辺りを管轄する警察署で副署長をしていた時、頼まれもしないのによく見回っていたので地理は頭に入っている。

五階建てのビルの、二階より上はややいかがわしげな店で、高木は一階に用があった。

木製の樽《たる》のような風情のドアを開けて中に入る。

「失礼します。田沼《たぬま》さんは……」

いらっしゃいますか、と訊くまでもなかった。間接照明が灯《とも》る薄暗いバーのような雰囲気の室内に、人影はひとつだけ。パソコンに向かっていた男が顔を上げ、浮かんでいた営業スマイルは相手が誰かを認識した途端にかき消えた。

「なーんだ、想《そう》かよ。そんな格好してるからわからなかったぜ。俺の愛想を返せ」

長髪を後ろでひとつに結び、革ジャンにジーンズという時代遅れのロッカーのような格好をした男は、ゆっくりと立ち上がり、木の床をゴツいブーツでゴツゴツ踏み鳴らしながら近づいてくる。

「友達にも少しは愛想よくしろよ」

「嫌だね。俺のスマイルは金に向けられてるんだ。おまえ、金を落とす気があるのか？」

「ないな」

「だろ？　でも金持ってそうな格好してるな。エリートって感じだ」

「感じじゃなくて、エリートなんだよ」

偉そうに言って眼鏡《めがね》を押し上げれば、田沼は緩く笑った。板についているはずの仕草も、学生時代からの友達にはふざけているようにしか見えないのだろう。上から物を言っても、まったく気にする様子もない。

大学に進学してしばらくは田沼たちとも疎遠になっていたが、それぞれ仕事も落ち着き、田沼がこっちに事務所を構えてからは、一緒に飲みに行くこともあった。といっても、年に数回程度で、その時はいつも私服だった。

柿田《かきた》は地元で親の工務店を継いでいるため、高木とはなかなか時間が合わず、ここ数年会っていない。しかし田沼は頻繁に会っているらしい。だから一番情報を握っているのは田沼なのだ。

「こんなんで本当に客が来るのか？」

田沼はこれでも建築士だ。バーの内装などを主に扱っているため、繁華街に事務所を構え、内装もバーっぽくしている。

黒い艶消《つやけ》しのカウンターテーブルと、脚の長いスツール。スツールは一脚ずつ種類が違う。ショールームを兼ねているということらしいが、カウンターの奥にある棚の酒瓶は全部本物だった。

「来る来る。こういう商売は実績と口コミが大事なんだよ。俺が手がけた店は客が増える、という噂《うわさ》をまことしやかに流してある」

「詐欺師《さぎし》一歩手前だな」

「馬鹿言え。嘘《うそ》じゃないから詐欺じゃない。評価を先取りして流しただけのことだ。なんか飲むか？」

田沼はカウンターの中に移動して、高木にスツールを勧めながら問いかけた。

「いや、すぐ仕事に戻るから」

「そんな時間のない時になにしに来たんだ？」

田沼はスツールに腰《こし》かけ、カウンターに片肘《かたひじ》を突いて問いかけてきた。すでに予測はついているような顔だった。

「篤士《あつし》のことを訊きたい」

田沼は大きく息を吐いた。

「会ったのか？」

「ああ。おまえは、篤士がなぜ少年院に入ったのか、その理由を知ってるだろう？」

単刀直入に訊いた。田沼が知らなかったとは思えない。今まで黙っていたことをどうこう言うつもりもなかった。

「篤士に聞いたわけじゃなさそうだな。年少のこと」

「警察は事件の関係者の前歴を洗うものなんだよ」

「事件の関係者……？」

「それについては喋《しゃべ》れない。おまえも、喋れなかったんだろ？」

「……おまえには絶対言うなって言われてんだよ、篤士に。でも、もういいよな」

田沼は自分用にウイスキーをグラスに注ぎ、高木には水を出して、腰を据えて口を開いた。

「篤士って昔、ファンが多かっただろ、男の。信奉者みたいなの。そいつら、篤士に話しかけたくて、いろいろ情報を仕入れてくるんだよ。篤士は基本的にスルーなんだけど、時に有益な情報が紛れ込む。牧原たちが高木を輪姦《まわ》すって相談してたよ、とか」

衝撃的な言葉だったが、驚くよりもやっぱりという気持ちが強かった。緑野が牧原を殴る理由なんてそれくらいしかない。

「あの日、おまえの合格祝いをした夜、そういうメールが篤士の携帯に入っていたらしい。で、

寝てた俺たちは叩《たた》き起こされて、一緒に牧原を捜してくれって頼まれた。結局、捜し当てたのは篤士で、あいつひとりで乗り込んでいっちまって。俺たちが駆けつけた時にはもうあいつ刺されてた。……牧原たちは死んでんのか生きてんのかもわからないような状態で、まさに地獄絵図ってやつだったよ」

それによって、緑野は卒業間近だった学校を退学になり、決まっていた就職も取り消され、少年院送りになった。

「牧原はよほど恐ろしかったんだろうな。あの鼻持ちならない男が、今じゃすっかりおとなしくなって、普通に会社員してる。あいつのせいで篤士の人生狂っちまったってのに」

牧原のその後なんかに興味はなかった。でも、今もし町で会ったら冷静でいられる自信はない。緑野の未来をぶち壊されるくらいなら、自分に危害を加えられた方がマシだった。

「やっぱり俺のせいかよ。なんにも知らずに俺は……」

十二年もの間、緑野を恨んだり、拗ねてみたり。自分を卑下してみたり、足掻《あが》いたり、忘れようとしたり。ひとりでぐるぐるしていた。

「おまえのせいじゃねえよ。元凶は牧原だし、弱っちいあいつら相手に加減できなかった篤士のせいでもある。あいつは滅多に怒らねえけど、キレると本当ヤバいから。普段は温厚でも、猛獣なんだよ。篤士を刺した奴《やつ》は、刺さなきゃ殺されると思ったって言ったらしいが、あながち言い逃れってわけでもなかったかもな」

「俺はそんな篤士、見たことない……」

その片鱗《へんりん》は見た。自分でも止められないといった感じの緑野は、目の前で。でも怒って人を殴り殺そうとするような、凶暴なところは見たことがない。

「そうか。おまえが来てからあいつわりと落ち着いてたからな。ていうか、おまえがブレーキになってたんだよ。なんかあると、おまえが代わりにプンプン怒るし」

「あいつが鈍いからだろ」

わざと鈍くしていたのかもしれないが、悪意に満ちた言葉を投げつけられても、緑野は無表情無反応。周りにいる人間が腹を立てて言い返すというのは、よくあることだった。

「そういえば……、いつだったか篤士が、おまえのことを傷つけたって言ってたことあったけど、なんかされた?」

急に話を振られて思わず目を泳がせる。

傷ついた。確かに。でも緑野の言うそれがどれのことだったのかわからない。抱いたことか、姿を消したことか。精神的なことか、肉体的なことか。

「な、なんもねえよ。それ、いつの話だ? おまえらそんな頻繁に会ってたのか、俺をのけものにして」

話を逸《そ》らしたくて、田沼が嫌がる方向に話を向けた。

「そういうんじゃねえよ。俺もそんなに頻繁に会ってたわけじゃないし……」

いつもクールで、必要とあらば平気で嘘をつく田沼だが、さすがに心苦しく思っていたのだろう。ばつの悪い顔になった。

「篤士が刺された足って、もう完治してるのか？」

それが二つ目の確認事項。

「完治しても一生足を引きずることになるだろうって医者には言われてたけど、今じゃごく普通に歩けるようになった。走るとちょっとついてこないみたいだけどな、右足が」

その答えを聞いて気が重くなった。予想していた答えではあったけど、違っていればいいと思っていた。

犯行現場から走り去る人影。引きずっていたのは右足だったらしい。旗色《はたいろ》は悪くなるばかりだ。調べるほど緑野に不利な証言ばかりが増えていく。

「足がそんなだから、あいつは俺の前から消えたのか」

「まあな。年少出た頃はまだ露骨に足引きずってたし、その理由をおまえには知られたくなかったんだよ。それに……いろいろあったんだ。出てすぐの頃に、あいつの親父《おやじ》……ていうか、亜美《あみ》ちゃんの父親な、あのクソ野郎が詐欺で捕まったんだ。老人から蓄えを騙《だま》しとるっていう最低な詐欺で、篤士に賠償責任なんてあるわけないんだけど、毎月コツコツ返してた。もちろんクソ野郎のためなんかじゃなく、亜美ちゃんと被害者のために。足があれで肉体労働できないから、水商売掛け持ちしてさ。……背負わなくていい荷物まで自分から背負っちまう。苦労性っていうか、俺は不幸性って名付けたいね。楽《らく》しようって考えがない。おまえとも会いたかったんだと思うぜ？　まあでも、どのみち高校出たら疎遠になるつもりでいたみたいだけど」

「は？　なんでだよ」

聞き捨てならぬことを聞いた。それはつまり、抱くなんてイレギュラーがなくても、少年院行きなんてのっぴきならぬ事情がなかろうと、緑野は友達関係を終わらせるつもりだったということなのか。

「自分は汚れだから、偉い警察官になるおまえとは関わらない方がいい、とか言って」

「はああ？　なんだよ、それ」

まったく納得できない。

「だから不幸性なんだって。自分が我慢すれば、相手は幸せになるとか思ってんの。逆に言えば、自分のそばにいれば、おまえも不幸になるって思ってんじゃねえの。本人、無意識なのかもしんねえけど」

「なんなんだよあいつ……なんなんだよ本当！　あー、ムカつくムカつくムカつく！　あいつこそ幸せになるべきだろ。食らいついてでも幸せになれってんだ！　あー酒飲みてー」

「その格好で昔の想に戻ると面白いな。篤士、笑ってただろ？　今のおまえ見て。目に浮かぶわ。もう何年もそういう顔見てないけど」

「俺は十二年ぶりだ。笑ってるっていうか、笑われてる感じだけど。俺は今、クールなエリートやってんだよ。昔のこと知ってる奴とはやりにくいったらない。俺がこんなふうになった責任の一端はあいつにもあるってのに」

そのままの自分ではいられなかった。好かれたいと思って変わったのではなく、嫌われた自分のままでいたくなかった。どうやら嫌われたわけではなかったようだが。

なんでも正直に言ってくれればよかったのに——。

いや、知っていたら自分は警察官にならなかったかもしれない。緑野がひとりで背負ってしまった業《ごう》を、一緒に背負おうとしただろう。高木はそれでもよかったが、緑野の不幸性は加速していたに違いない。

やっぱり、自分のそばにいると不幸になる、などと——。

「笑われとけ。どんな時でもおまえ絡みだとあいつの表情は明るくなる。パティシエになるって言い出した時はマジでびっくりしたんだけど、おまえと離れてから初めてってくらい明るい顔してたんだよ。こっちまで嬉《うれ》しくなるくらい。もう会いに行ってもいいんじゃねえのって言ったんだけどな。そこは頑《かたく》なでさー」

近くにいると緑野は知ってたのだ。それでも会おうとはしなかった。自分からは決して近づいてこなかった。

「あ！　そうだ、あの店のアップルパイが美味《おい》しいっていうのが載ってたタウン情報誌、おまえがくれたんだよな。ああ……なんだよ、もっとプッシュしろよ……そしたらもっと早く行ったのに」

近づいてこないなら、こちらから近づいたのに。

「そこは一応、篤士に気を使った……っていうのは建前で、知らないでばったり会った方が面白いと思って。なんだ、店に行ったんだ？　どうだったよ、感動の再会は？　面白かった？」

「面白……くねえよ。固まったよ。あいつに白とか似合わないし。ケーキとか持ってるし」

「あははは、見たかった、見たかったなあ……くそう。行くなら俺を誘えよ」

「おまえ、俺がケーキ屋行こうって言うと、速攻逃げてたくせに。付き合ってくれたのは篤士だけだった……あいつ優しいんだよ、顔に似合わず……」

優しいのも我慢強いのも事実。でもキレるとヤバイのも事実。

今回の事件の被害者が男だったら、緑野を疑わざるを得なかっただろう。しかし被害者は女だ。そして少なからず恩のある相手だ。緑野には殺せない。

でも、もし……誰かのためだったとしたら？

脳裏《のうり》をよぎった仮定が確信を揺るがす。

いや、それでもできない。すぐに打ち消した。

「じゃあ、再会した後で事件関係者になったってことなのか？」

「まあ、そうだ」

「十二年も縁がなかったのに、どういう偶然だよ。あいつって本当、楽な人生歩めないようにできてんのな。俺はさあ、もうなんでもいいから、どんな形でもいいから、あいつに幸せになってほしいんだよ」

田沼は珍しく熱く言って高木の顔を見た。それは高木もまったく同感だ。

緑野が幸せになるのなら、どんなことでも応援する。たとえ自分が深く傷つくようなことでも。緑野がそれを幸せと感じられるのであれば。

「なにがあいつの幸せなんだろうな」

「そりゃあ……。あ、そういえば最近ひとつだけ、あいつが幸せそうな顔をしたことあったよ。亜美ちゃんの結婚が決まったって。相手もすごくいい奴で安心だって言ってたな」

「あぁ、結婚するっていうのは聞いた。相手のことは聞いてないけど」

「パティシエなんだってさ。なんと篤士がキューピッド」

「篤士が？」

「篤士が製菓学校に行ってた時に知り合った男で、友達の妹に一目惚《ひとめぼ》れってやつだったらしい。亜美ちゃん可愛《かわい》いからな。篤士も肩の荷が下りたんじゃねえの。片方だけ」

「片方って、もう片方はなんだよ」

「なんだよって、決まってんだろ」

「なんだよ？」

父親の件でまだなにかあるのか、全然別口かと、高木は真面目《まじめ》に訊いたのだが、田沼は高木の顔をじっと見て、深々と溜息《ためいき》をついた。

「おまえは鋭いとこと鈍いとこの差が激しいんだよな」

「は？」

「いや、いい。それよりあいつ、事件関係者って、あんまりよくない立場なんだろ？　おまえの表情から察するに。でも、また誤解されたとか、自分から貧乏くじ引いたとか、そんなところだろう。今回はおまえがいるから安心だな。頼んだぜ？」

田沼も緑野が窃盗犯《せっとうはん》と疑われた件を知っているのだろう。そしてたぶん、自分と同じように怒ったに違いない。

田沼は思慮深い男だ。状況判断能力に長《た》け、人を見る目もあって、使うのもうまい。

「任せとけ。あいつは絶対、俺が護《まも》る」

胸を張って請け負った。

知らないうちに護られていたなんて腹が立つ。だから絶対に報復する。絶対に護り返す。もちろん真実を曲げてまでどうにかする気はない。そんなことをする必要はないはずだから。

「ヒュー、想くん、おっとこ前ー。……ま、おまえはとりあえず、なんだかんだ文句言いながらも、いつも前向いてんだよな。俺たち三人、ガキの頃からつるんでたけど、世間から爪《つま》弾《はじ》きにされたあぶれ者同士って感じで、生きることにもあんまり意欲的じゃなかった。おまえが割り込んできて、引っ掻き回されて、うぜえなって思ってたけど、毎日が面白くなった。篤士はさ、後ろ向きに男前なんだよ。自己犠牲の精神は、人に必要とされたいって気持ちの表れなんだと思う。おまえはあいつのそういうとこにイライラして突っかかって、篤士はなんでおまえが怒るのかわかってなくて。でかい猛獣が子犬にキャンキャン吠《ほ》えられて困ってるみたいな。でもなんか嬉しい、みたいな。俺はまた篤士のあの表情が見たい」

あぶれ者の腐れ縁。三人はそんなふうに言うけど、田沼も柿田も緑野も、互いのことがすごく好きなのだ。幼馴染みの強い絆《きずな》を感じるたび、高木は疎外感を覚えていた。どうせ自分は外様《とざま》だからと拗ねていた。でも、それでも三人と一緒にいるのは楽しかったのだ。とても。

「キャンキャンってとこがちょっと引っかかるけど……見せてやるよ。篤士の苦笑いっぽいあの顔」

高木もその表情には見覚えがあった。そして高木もその顔が好きだった。

「よし。おまえいっそ、篤士を嫁《よめ》にもらえ」

田沼はニヤニヤ笑いながら言った。それが冗談だということくらいわかっている。

「篤士が嫁か。いいな、それ。本気でもらっちゃうけど?」

「いいさ、俺が許す。おまえは突っ走れ」

「出たよ、タヌの無責任発言」

田沼はすぐ人をけしかける。高木はすぐそれに乗って、柿田は心配して、緑野は黙って見ていた。でも、なにをやらかしても、なんとかしてくれた。安心して後先考えずに突っ走ることができた。

田沼が自分と緑野の間に起こったことをどこまで知ってるのかは知らない。だけど高木がゲイだということは知っているのだから、まるっきり冗談として言ってるとも思えない。

もしおまえらがそういう関係になっても、変わらずにいてやる——そういうメッセージのようにも聞こえた。

「ま、責任なんて知らないけど。俺は優秀な作戦参謀だぜ。勝算のないことは言わない」

「ああ？　作戦参謀は俺だろ。この明晰《めいせき》な頭脳」

「バーカ。おまえは頭いいけど、考えすぎると間違えるんだよ。直感で突っ走った方が正解が多い。作戦参謀より、斬り込み隊長タイプだな。なまじ頭がいいからいろいろ考えちまって……可愛いのが好きだとか変なカモフラージュするから、こじれて余計面倒なことになったんだろ」

「面倒なこと？　……え？　おまえ、なにを知って……」

最初は本音だったのに、いつからかカモフラージュになっていた。緑野が好きだとバレないように。自分自身すらそうごまかしていた。そのせいで面倒なことになったのは確かだ。

もしかして、あの夜のことを知っているのだろうか。緑野が喋るとは思えないのだが。まさか、見られ……。

「訊くな。答えたくない。とにかくおまえはあんまり考えすぎないことだ。おまえのことをよく知る参謀からの助言。聞いといた方がいいぞ」

「わ、わかった……」

動揺しつつ答えた。もう参謀を争う気になんかなれなかった。

どうも全部バレていたっぽい。恋心も傷心も、涼しい顔で隠しおおせているつもりだった。会うたびになにか篤士の情報を知らないだろうかと、さりげなく探りを入れていたのもバレバレだったのかと思うとかなり恥ずかしい。

頭がよくて冷静で、人の挙動をよく見て鋭い判断ができる人間。そう自分を分析していた、その分析自体が間違っていたなんて、今さらそんなことを言われても困る。頭でっかちで腰は重い方だと思っていたけど、そういえば昔は、馬鹿みたいなことばかりしていた。

もちろん昔のままではない。変わったところもかなりある。でも根本的なところは――。

突っ走れ。直感を信じろ。その助言はきっと正しい。

どんなに疑わしい事実が浮上しても、緑野を信じる気持ちは揺らがない。それは緑野の態度を見ていて直感的に感じること。しかし、現状を冷静に判断すれば、緑野はかなり怪しいと言わざるを得ない。

直感を信じるか、分析を信じるか。

結局、迷ってなんかいないのだ。背中を押されなくても、走り出してしまうのが性分というものだろう。

◇　信頼捜査

警察を見れば逃げていた不良少年は、澄まし顔のキャリア警察官に変わった。それにはそれなりの年月が必要だったが、田沼と話して昔に戻った心は、一晩で現在に戻った。

澄まし顔でまた昔の友人の前に立つ。

「何度もご足労いただき申し訳ありません」

「いいですよ。どうせ無職で暇だし……面白いし」

緑野は高木の顔を見てニヤッと笑った。面白がっている顔。田沼の話を思い出せば、そんな表情にも重さを感じてしまうが、あえて無視する。

ただでさえやりにくい相手なのに、知らなかったことを知って、さらにやりにくくなった。

「昨日、新たな目撃証言が出ました。死亡推定時刻に店から出てきた大柄な男が、足を引きずりながら走り去った、というものです。調べたところあなたは、十二年前に右足を刺され、今ではかなり回復したものの、走ると足を引きずるそうですね。間違いありませんか？」

淡々と感情を消して問いかける。これはただの事実確認だ。その傷が誰のために負ったものか、リハビリがどんなに大変だったか、そんなことは今は考えない。

緑野の顔から表情が消え、しばし無言だったが、やがて小さく息を吐き出した。

「間違いありません」

硬く低い声。

高木自身が報告したので、緑野が高木の昔の友人だということは、捜査本部のすべての人間が知っている。当然、聴取は他の人間がやるべきだという意見も上がった。

『友人だからといって庇《かば》うつもりはありません。しかし、友人だからこそわかる攻め方というのもあります』

高木がそう言って薄く微笑《ほほえ》むと、批判の声は引いて、緑野に同情する声すら上がった。

『嫌な友達を持ったものだ……』と。

普段の冷たいエリート顔がこんなところで役に立つ。

「目撃されたこの人影は、あなたではありませんか？」

こんなことを真顔で問う友達は、嫌な友達に違いない。

「黙秘する」

一瞬、聞き間違いかと思った。

「は？　黙秘？　なんでだよ!?」

思わず訊き返す口調が荒くなり、今日は伊崎《いざき》ではない書記官が驚いた顔で高木を見た。咳《せき》払《ばら》いして問い直す。

「黙秘する権利はありますが、話さないことで不利になる場合もあります。それでも黙秘ですか？」

内心とても焦っていた。ここは当然否定されるものと思っていた。それは自分ではないという答えしか想定していなかった。

「現場に、行ったんですか？」

黙っている緑野にイライラしながら問いかける。黙秘するということは、自分だけど認めたくない、ということだろう。現場に行った時にキーホルダーを落としたのか。

「おい、篤士！」

ついに声を荒らげてしまい、書記官が目を丸くしたが今度はもう取り繕わなかった。

これまで仕事中に声を荒らげたことなんてほとんどない。いつも冷静沈着でいられたのは、客観的に物事を見られたから。つまり、他人事《ひとごと》だったのだ。

被害者の目線に立ち、犯人の目線に立ち、その心情を想像する。が、それに引きずられることはない。頭だけを回転させ、心は半ば殺して生活していた。

「悪いな、俺にもいろいろ事情がある」

「事情ってなんだよ」

「今は言えない」

今は、ということは、いつか言えるようになるのか。当然それも黙秘だろう。たぶん誰かのためなのだろうが、誰のためなのか。

「では質問を変えます。恋人はいますか？」

緑野は片方の眉をピクッと上げた。

「唐突だな」

「いますか？　黙秘しますか？」

若干の苛立《いらだ》ちを含んだ声で急《せ》くように問えば、緑野は溜息をついて口を開いた。

「いません」

その答えに、自分で思った以上にホッとしていた。自分にもチャンスがあるなんてことを考えたわけじゃない。緑野のそばにいる特定の誰かを想像しなくていいことに安堵《あんど》した。

「では……他に大事な人は？」

「大事な人？」

あまりに抽象的だったかと、喩《たと》えを挙げようとして思い出す。

「妹さんは結婚されるそうですね？」

そう言った瞬間、緑野の表情がわずかに強張った。それはほんの一瞬、口の端がピクッと一ミリくらい。緑野の表情筋の動くポイントを摑《つか》んでいる者にしか、わからない程度の変化だった。

まさか亜美が事件に関係しているのか……？

「なにか結婚に問題が？」

「いや。あいつがやっと幸せになれるのに、こんなことになって。式に出席できるのかと心配になっただけだ」

「ああそういうこと……。式はいつ？」

「明日《あす》だ」

「あ、明日⁉　マジかよ……。まだ任意ですし、逮捕されない限りは出席できますが、無実を証明して気持ちよく出席した方がいいんじゃないですか？」

緑野が出席したいのは当然だろう。調べによれば、義父はまだ刑務所で、母親はもう亡くなっている。緑野は昔から妹を可愛がっていたし、親代わりに護ってもきたのだろうから。

「そうだな」

しかし、それ以上の弁明はない。なぜ黙秘なのか。緑野はなにを隠しているのか。そして嫌な仮定に辿《たど》り着く。

結婚式の日まで捕まりたくないから、黙秘。その日が過ぎれば話す。それはすごくあり得ることだ。あり得るけど——。

「田沼に会ったのか？」

唐突に緑野が訊いてきた。

「事件とは関係ない。黙秘する」

「顔見りゃわかるんだよ。余計なことを聞いたって顔だ」

緑野は高木の顔を真っ直《ます》ぐに見て言った。カマをかけられているのか、本当にわかるのか。昔はなんでも顔に出ると言われていたが、今ではなにを考えているのかわからないキャリアと言われている。でも緑野なら、高木と同じように、その顔の中の感情が現れるポイントを見つけている可能性はある。

「おまえにとっては余計なことでも、俺にとっては必要なことだったよ」

高木はボソッと返事した。書記の刑事には聞こえないくらいの声で。

本当なら自分は緑野に感謝しなくてはならない。牧原が狙っていたのは自分で、緑野はそれをぶん殴って、己《おのれ》の未来を棒に振った。なにも言わずに護ってもらっていた。とんでもない負債を背負ったのに恩に着せることもなく、黙って姿を消した。

だけどどうしても怒りが先に立つ。なんなんだ、その格好つけは。

ずっと捨てられたといじけていた自分があまりにも情けない。前向きに行こうなんて、振り返るのが怖かっただけ。傷に蓋《ふた》をして、なにもなかったような顔をして、積極的に緑野を捜そうとはしなかった。

一つずつ目標を達成して、キャリアだエリートだと偉そうにふんぞり返って、自分の臆《おく》病《びょう》さをごまかした。歯痒《はがゆ》くて恥ずかしくて……腹が立って仕方ないのだ、自分に。

複雑な思いを胸にじっと緑野を見つめれば、緑野は眉間《みけん》に皺《しわ》を寄せて目を逸らした。

「おまえは今、なにを護ろうとしているんだ?」

過去も、今も、きっと未来も。緑野は自分の幸せを追おうとはしない。だから自分が、緑野の幸せを摑んで押しつける。そのためにはまず真実を知らなくてはならない。

「……なにも」

緑野は目を伏せて答え、幸せとはほど遠い、重い息を吐き出した。


今現在、緑野は最重要参考人だ。といっても逮捕されたわけではないので、同行は任意。必要な話を聞いたら家に帰す。

昔は長時間の聴取で精神的に追い詰めて自白を引き出す、などという手も使っていたが、今はそんなことをしたら逆にこちらが訴えられる。

自白の強要による誤認逮捕なんて愚の骨頂だ。自白があっても必ず裏付けは取る。確たる物証がないなら、状況証拠をガチガチに固める。逮捕はそれからだ。

緑野は三日連続して任意同行に応じている。ずっと見張りもついているが、怪しい行動はなにもない。きわめて素直なのに、なぜ一点だけ黙秘なのか。

「それでは捜査会議を始めます」

今日一日の捜査の成果を報告し合う夕方の捜査会議は、基本的に全員参加だ。重要と思われる情報はその都度報告されるが、人によっては些細《ささい》と思う情報も、角度を変えて見れば重要だということもあるので、全員で情報を共有するのは大事なことだ。

考える脳は多いほどいい。しかし指揮系統はひとつでなくてはならない。

「緑野氏のアリバイですが、居酒屋での目撃証言は未《いま》だ取れておりません。居酒屋周辺の防犯カメラもしらみつぶしに確認しましたが、それらしき姿が映っているものは見つかりませんでした」

「目撃者に緑野氏を確認してもらったところ、背格好はよく似ているということでした」

報告は緑野に関するものが多くなり、容疑を濃くするものがほとんどだった。

報告が緑野への悪意に満ちているように感じるのは、高木が緑野を無実だと思っているから。なんとか公正に聞こうとするが、心の制御は難しい。

もちろん他の捜査も進められている。被害者に恨みを持つ者、利害関係にあった者など、リストに新たに上がる名前もあったが、消される方が多かった。

こうなると容疑者が緑野に絞られるのは自然な流れで、このままいけば逮捕は時間の問題だと誰もが思っていた。決定的な証拠はないものの、犯人ではないとする証拠もない。

「緑野は昔の怪我《けが》が元で、走ると足を引きずることがある」

決定的に近い報告を高木は自ら行った。

ざわざわと捜査員たちが騒がしくなる。決まりだろう、そんな声も聞こえた。

「取り調べた管理官の心証としてはどうなんですか？」

隣に座っていた係長に問われる。

「私の個人的な心証としては、シロに近いグレーです」

高木が言った途端にまた場がざわついた。さすがにそれはないだろう、身内贔屓《びいき》も甚だしい——呆《あき》れとも嘲《あざけ》りとも取れる視線を一身に浴びる。

「現時点で私の心証を裏付けるのは、彼の言動を見ての私の直感だけで、状況証拠を覆すほどの根拠はありません。しかし、逮捕の決め手となる証拠もまだ出ていません。今少し、逮捕は待っていただきたい」

言うほどに反感を買う。庇えば庇うほど指揮官としての評価は落ち、総意は緑野逮捕へとまとまっていく。

「管理官は見方が偏ってる。逮捕の判断は係長に任された方がいいんじゃないですかねえ」

捜査一課の古参の刑事、黒田《くろだ》がそう声を上げ、周囲もそれに同調する。

「動機がある。アリバイはない。目撃証言と姿形が一致、足を引きずるという特徴も一致。本人もそれが自分ではないと否定してない。そして、奴の所有物である狸《たぬき》だか狐《きつね》だかのキーホルダーも現場に落ちていた」

「熊だ」

「これはもう決まりでしょう」

客観的に見ればそういう結論に達するのもわかるのだが、どうしても納得できない。

「殺人に関しては否認している」

「そりゃそうでしょう。あんなぬるい取り調べじゃあな」

「否認を突き崩す証拠を見つけてきてください」

「お友達なら説得して吐かせてくれませんかね」

静かに睨《にら》み合う。

分《ぶ》が悪いことは重々承知だ。冷静になれという声は自分の中からも聞こえる。しかしこればかりは簡単に折れるわけにいかない。

緑野はやっていない。その心証がまったく揺らがないのだ。

「令状を取るには証拠が足りません。無理に送検して、検察に不起訴にされるなんて情けないことにはなりたくないでしょう？」

もうひとつなにかが出てくれれば、納得できなくても引くしかなくなる。その前に緑野ではないという証拠を見つけなくてはならない。

「ひとつ、いいっすか？」

緊迫した空気を間延びした声が破る。空気など読まない男、南元《みなもと》だった。

「なんですか」

「事件現場になった店は、去年から経営が悪化している。原因は腕のいい職人が辞めて、主力商品のチョコの味が落ちたこと。で、被害者は腕のいいのを他の店から引き抜こうと、かなりえげつないことをしていたらしい。そっちでもいろいろ揉《も》めてたっていう話が……」

「今さらそんなこと。もう犯人はあの男で決まりだ」

南元のマイペースな報告を遮って、黒田が強い口調で断定した。

「決まっていません。そちらの捜査も進めてください」

高木も強い口調で南元に指示を出す。黒田に睨まれたが、負けずに睨み返した。いつもならこんなふうに露骨に対立はしない。意見は変えないが、睨まれても笑って流しただろう。対立すると相手も熱くなる。

冷静さを欠いている。私情も入っている。でも間違ってはいない。確信があるのだ。もし緑野が真犯人だったなら、もちろん責任は取る。左遷されようと辞職に追い込まれようと文句はないし、後悔もしないだろう。ここは絶対に引かない。

「若造が。友達ごっこじゃねえんだよ！」

一歩も退《ひ》かない高木に、黒田はやはり熱くなり、そう吐き捨てて出ていった。

最悪になった場の空気を、係長が冷静にまとめ、二、三の指示を出して解散させた。

「高木くん、意地になってないか?」

係長に問われ、そんなことはないと答えたが、そうは見えなかっただろう。

「証拠が出ればもちろん逮捕します。友達だから庇っているわけではなくて、違うと感じるんです」

本当は刑事の勘だと言いたかったが、そう言えるほど刑事としての実績はない。

「なんだ、父親には似てないと思ってたが……やっぱり似てるな。その根拠のない自信っていうか、直感を信じて、頑固なところ」

「え? そ、そうなんですか?」

知らなかった父の一面。そんなに強い自己主張はしないタイプだと思っていた。

「ああ。けっこう振り回されたよ」

係長は苦笑して、高木の肩をポンポンと叩いていった。

捜査一課に配属された時、何人かの刑事から父親のことを聞かされた。優秀な刑事だったと口を揃《そろ》えたが、それが事実だったのかリップサービスを含んでいたのかはわからない。係長もそのひとりで、父親と同期だったというから、生きていれば父もその職に就いていたかもしれない。

今の自分を見たら、父はなんと言うだろう。

『おまえを信じている』

脳裏にその声がよみがえった。

それは刑事として言った言葉ではないし、自分が信じてもらうに足る人間なのかは未だにわからない。でも、自分なりに懸命に誠実にここまで歩んできたつもりだ。

父に似ているなんて言われたら嬉しくて、このまま突き進むしかない。

捜査員たちは三々五々に散っていった。家に帰る者も、署内に泊まる者も、捜査に戻る者もいる。

高木も立ち上がり、外に出た。この捜査本部に着任してからというもの、ほとんど寝ていないが、眠気は感じなかった。自分にできることがあるのに、じっとなんてしていられなかった。


洋菓子店ユピテルの閉店時間ギリギリに滑り込む。もちろんケーキを買いに来たわけではない。

「すみません、こちらにウェヌスで働いていた方がいらっしゃると聞いたんですが」

警察手帳を見せて問いかけた。

「あ、緑野さんのお友達の人じゃ……」

以前、緑野と再会した時にいた女性だった。

「はい。緑野の友達ですけど、今日は殺人事件の件で話を伺《うかが》いに来ました。いらっしゃいますか?」

「あ、はい。お待ちください」

ほどなくして少し年配の女性が現れた。ウェヌスで六年ほどパティシエとして働き、最初は容疑者リストにも名前が載っていた女性だ。

「なんですか? 私は殺してませんよ。大嫌いだったけど」

「わかっています。今日はちょっと……この写真のことでお伺いしたいのですが」

ここに来る前に殺害現場に寄って、トロフィーと並べて飾られていた写真のひとつを持ち出してきた。

「ああ、その写真……。それは本来、パティシエの技術に与えられる賞なのよ。だけどあのオーナーは、店員がもらったものは自分のものとか言って。ジャイアンよ、ジャイアン。なんでも自分の手柄にしちゃうの。トロフィーを店に飾るのはまあいいわよ。でもこの写真。こんな派手なドレス着て、私が主役ですみたいに授賞式に出て。せめて北原《きたはら》くんも一緒に写れっていうのよ。北原くんは気の優しい子だから、文句ひとつ言わなかったけど。でも独立するってなったらネチネチいびって。死んだ人を悪く言いたくないけど、本っ当に嫌な女だったわよ!」

悪く言いたくないようにはまったく感じられなかった。

「このトロフィーなんですが、写真の横に飾ってありました?」

「ええ、飾ってあったわよ。これ、北原くんが辞める直前にもらったやつで、あの店ではその後、誰も賞とかもらってないから、一番端っこにあったわ。覚えてる」

「それがなかったんですけど、いつからなかったかご存知ないですか？」

「なかったなんて気づかなかったわ。もしかしたら、北原くんが持っていっちゃったんじゃない？　あの賞もらってすごく喜んでたもの。自分の店に飾りたいでしょう。箔《はく》もつくし」

「その北原さんは、今どこでお店を？」

「ああ、えーっと、わりと郊外の方なのよ。近くに店を出すなってオーナーに言われて。店の名前なんだったかしら……。ちょっと待って。検索したらすぐわかるわ」

女性は携帯端末で店のことを検索しはじめる。

その後ろに、この店の分のトロフィーや盾といったものが、ここでもオーナーの写真と共に飾られていた。いつも派手な服を着て、化粧も濃い。盾と花束を手ににこやかに微笑んでいる顔は、自分への自信が溢れている。

この女性と緑野が……。

そんなことを考えそうになって、慌てて打ち消す。

緑野は取引のような関係だったと言っていた。そうまでして抱かれたかった女性の気持ちは、自分にはわからない。

そう切り捨ててみたけれど、相手が緑野なら少しわかるような気もした。取引のようにでも抱かれたい。その心情を想像すれば、嫉妬よりもなにか悲しい気持ちが込み上げてきた。

そこにあるトロフィーの台座には「スイーツ選手権」と、どれほどの規模のコンクールかピンと来ない名称があって、「ケーキ部門　グランプリ」の下に、「パティスリーユピテル緑野篤士」と刻まれていた。

「え、緑野？」

「ああ、緑野くんもね、あなたが賞を獲れたのは私のおかげよ！　って、いつも言われてたわねえ……。でも元々腕はあったのよ？　自分でクビにしたくせに、彼がいなくなってかなりダメージ受けてたわ。店も、個人的にも」

いい気味だと笑う。本当に心から嫌いだったらしい。

「緑野は腕がいいんですか？」

「いいわよ！　顔に似合わず繊細な味で、飾り付けも可愛くて。独立しても充分やっていけるわ。でも彼は、腕はあっても、お金と……運がないのよね。前に悪い噂が立って、それであのオーナーに拾われちゃって。弱みを握られてるって噂だったけど、耐えかねて殺しちゃったのかしら」

噂好きの女性らしく、見聞きしたことをすべて本当のことのように喋る。

「そんなことで殺しませんよ、あいつは」

思わず言い返してしまった。

「あいつ?」

「いえ。わかりましたか?　北原さんのお店」

「ああ、ええ。ここよ」

店の名前と所在地を教えてもらい、礼を言って店を出ようとした。

「あ、すみません。もうひとつ訊いてもいいですか?　あ、あなたじゃなくてそちらの……緑野の同僚だった方」

「あ、はい……」

「緑野の妹が結婚するって話、知ってましたか?」

「え?　妹さんがいらっしゃったんですか?　そういうプライベートなことはたぶん、店の人間は誰も知らなかったと思います。話されないから」

予想通りの答えだった。友達にも込み入った家庭の事情はあまり口にしない男だったから。店の人間と亜美に繋《つな》がりはない。それなら、亜美は今の兄のこの状況を知らないかもしれない。亜美の夫になる男はパティシエらしいから、そっちから話が入っていなければ。

あいつはまた消えるつもりなのだろうか。今度は妹の前から。

「そうですか。ありがとうございました」

心の中に焦燥感と怒りのようなものを抱えて店を後にしようとした。

「あ、あの、私……緑野さんはオーナーを殺したりなんてしないと思います」

今の緑野を知る人からそういう言葉が聞けたのは初めてかもしれない。自然に気持ちが緩んで、頰《ほお》も緩んだ。

「俺もそう思います。ありがとう」

個人として礼を言えば、女性はふわっと微笑んだ。

そのまま北原という男の店に向かった。場所は高木の地元にほど近い郊外。犬小屋を大きくしたような、こぢんまりと可愛らしい外観の店だった。

表に出された木製の立て看板には、チョコレートとお菓子の店と書いてある。ぜひともなにか買って帰りたいところだったが、入り口のドアの上にあるランプが消えてしまった。どうやら閉店時間らしい。

しかし店内の明かりはまだ点《つ》いていたので、高木は車を降りて、急いで店に近づいた。ドアが開いて、中から小柄な女性が出てきた。ふわふわしたワンピースにエプロンをしているのでたぶん店の人間だろう。屈《かが》んで、立て看板に手をかけた後ろ姿に、高木は声をかけようとした。

「亜美ー、それは僕がやっておくから、もう上がっていいよ」

開け放したドアの中から男の声がして、高木は足を止めた。声より名前に反応したのだ。木陰に身を潜めて女性の顔を見る。

店内の明かりで白い顔はよく見えた。クリッとした大きな目。小さな口。華奢《きゃしゃ》でとても可愛らしい女性だ。年齢は二十歳《はたち》前後。

高木は十二年前の記憶を呼び起こすが、不鮮明な上に当時は小学生だ。二十歳過ぎの女性と重ねるのは難しい。兄とはまったく似ていなかったことはよく覚えているのだけど。

「これくらいやるわよ。大丈夫！」

その顔に笑みが浮かんだ瞬間、記憶と一致した。それは昔、兄を慕う妹が浮かべていたのと同じ表情だった。

亜美の結婚相手は、緑野の友達でパティシエ。

「無理はしないで。きみだけの身体《からだ》じゃないんだから」

店の中から気遣わしげな声がした。

とてもいい奴で安心して亜美を託せる、と緑野は言っていたらしい。

男の言葉を聞いて、欠けていたパズルのピースが埋まった気がした。

——これか、あいつが護ろうとしているものは……。

謎《なぞ》が解けた喜びより、暗澹《あんたん》たる気持ちが勝った。

二人は仲よく立て看板を片付け、亜美は店の裏へと引き上げていった。北原がひとりになったのを確認して、高木は店の中に入った。

警察手帳を見せると、優しげな面差しの男は微妙に表情を強張らせ、店の裏へチラッと目を向けた。

「な、なんでしょう。午前中に見えた刑事さんに、中橋《なかはし》さんのことは全部お話ししました。なにも揉めてなんていません」

なにも訊かないうちからペラペラと喋る。たぶん気の小さい男なのだろう。

その刑事はたぶん南元だ。さっき報告のあった、店の経営が傾いた原因の腕のいい職人というのは北原のことだったに違いない。そういえば、それに関する詳しい報告は確認しないまま出てきてしまった。自分では冷静なつもりでも、焦っていたのか。

「私が伺いたいのは別件です。この写真に写っているトロフィー、これはあなたが受賞した時のものだと聞いたんですが、お店からなくなっていました。行方《ゆくえ》をご存知じゃないですか?」

「いいえ、私は知りません」

北原はいやにきっぱりと答えた。最初から答えを決めていたかのように。

「あなたがあの店に最後に行かれたのはいつですか?」

「せ、先週……チョコレートのテンパリングを教えに」

「先週? そんなに最近ですか」

「辞める時にオーナーに言われてたんです。その技術はうちで習得したんだから、教えるのは義務だって」

「辞めて一年近く経っているのに? ……大変ですね。その時に、中橋さんに店に戻ってきてほしいと頼まれませんでしたか？」

「いいえ。あの人は人にものを頼むなんてことはしませんから」

それと同じような証言は何度も聞いた。被害者は下手《したて》に出るということを絶対にしない人だったらしい。しかし、他の店のパティシエを引き抜くより、元々いたパティシエに戻ってきてもらう方が確かなはずだ。

「じゃあ、戻ってくるように脅された、とか？」

「いいえ！」

大きな声が出たことに北原は自分でも驚いたようで、焦ったように店の裏へと目をやる。人が出てくる気配はなくて、ホッとしたように息を吐いた。

どうやら嘘をつくのはうまくないらしい。気の毒なほど善良な人間。

高木は溜息をつき、質問を変えた。

「緑野さんが参考人として、警察で取り調べを受けていることはご存知ですよね？」

「え？　あ、いえ、あの……知ってます」

「亜美さんは知らないんですか？」

「え⁉　あ、亜美って……なんで亜美のことを……」

驚くのは無理もないが、驚きすぎだ。今にも震え出しそうに青い顔をしている。北原の問いには答えず、高木はもう一度同じ問いをした。ここは大事なところなのだ。

「亜美は……、知りません」

「そうですか。では、あなたと緑野さんはいつからのお知り合いですか？」

製菓学校の友達だと田沼に聞いたが、本人に確認する。その口調でどういった関係だったのか推し量れる。

「え？　中橋さんと、ではなくて？　あ、えっと……学校で一緒だったんです。製菓の専門学校で一年。僕も他の生徒よりは少し歳上で、人見知りだから馴染めなくて。緑野さんはひとりでも堂々としてたけど。実習とか、余り者同士で組むことが多くて。卒業してからも、なにかあると相談に乗ってもらいました。だから、緑野さんが前の店を辞めさせられた時は力になりたくて、僕がオーナーを紹介したんです……」

北原が緑野をとても慕っていて、尊敬にも近い気持ちを持っていることが伝わってきた。オーナーと引き合わせたことを後悔しているのもわかった。少しつつけば本当のことを話すのではないだろうか。そう思えたが、高木はあえてそれをしなかった。

「あいつが専門学校か。そりゃ浮いてただろうな」

「え？　緑野さんとお知り合い、ですか……」

「友達です」

そう言った途端に北原の顔がパッと明るくなった。

「浮いてました。周りはほとんどが二十歳前で、女子が多くて、緑野さんは二十五歳だったけど、年齢以上に浮いてたっていうか……。でも、遠巻きにされてても女子人気は高かったです。……あ、そんなこと聞きに来たんじゃないですよね、すみません」

「いえ。そんなことが聞きたかったんで」

思わず笑ってしまった。目に浮かぶようだ。話しかけづらいけど、近づきたい。だからバレンタインデーにはチョコを渡して逃げる女子が続出した。橋渡しを頼まれることもよくあったが、取り次いだことは一度もない。

北原は不思議そうな顔で高木を見ている。

「あいつは……思いやりが深くて、深すぎて、相手を溺《おぼ》れさせてしまうようなところがある。だから気をつけてください。本当の幸せがなんなのか、よく考えてください」

「え？　あ……はい」

謎かけのような言葉に北原は困惑顔になって、うつむいた。

「失礼しました。明日、結婚式ですよね。……頑張ってください」

本当はおめでとうと言いたかったが、言えなかった。

今のところ、自分の中にある仮定を裏付ける証拠はなにもない。言葉を尽くせば北原から供述を引き出すことはできるだろうが、それをしたら緑野が護ろうとしたものは壊れる。

いや、自分の仮定が正しければ、どうやっても壊れないで済む方法などない。

問題は、誰がどう壊すのか。

自分が今ここで真犯人を捕まえ、緑野の嫌疑を晴らせば、刑事としての評価は跳ね上がるだろう。出世コースに乗れるかもしれない。

しかしきっと、緑野とは離れてしまう。取り返しのつかない心の距離が生まれる。

それだけは絶対に嫌なのだ。刑事としての評価が地に落ちても、緑野を手放したくない。もう二度と。

それが自分の優先順位。仕事の評価を得るより、ひとりの人間の信頼を得たい。

仕事第一で妻の死に目にも会えなかった父を、もう恨んではいないし、今はその気持ちがわかる気がする。

父はたぶん、己の評価を上げるために仕事に打ち込んでいたのではなく、他にどうしようもなかったのだ。自分が正しいことをすれば、母の死というどうしようもない現実を遠ざけることができる——かもしれない。そんな賭《か》けみたいな気持ちだったのではないのか。

なによりも大事なのは愛する人。

母はそういう父を理解していたから、会えなくて寂しくてもなにも言わなかった。きっと心の距離は離れていなかったのだ。だから笑っていられたのだろう。

自分は自分の思う正しいことをする。世間一般の正しいことは、今は考えない。

「あれ？　高木さん？」

署に戻ろうと車に乗り込もうとした時、伊崎が現れた。隣には大きな男もいる。

「ここに来た刑事というのは、きみたちじゃなかったのか？」

「俺たちですけど、新しい情報を仕入れたんでまた確認しに来ました」

「新しい情報？」

「確認してから報告しようと思ってたんですが……」

「おまえは知ってたのか？　ここの北原という男が緑野と知り合いで、緑野の妹と明日結婚するってこと」

伊崎の言葉を奪って南元は前に出ると、挑むように問いかけてくる。

「今知ったところだ。緑野の妹が結婚することは聞いてたけど、相手が北原だとは知らなかった。僕は現場になかったトロフィーのことを訊きに来ただけだ」

「トロフィー？」

「売り場のところに写真とトロフィーが、対になって置いてあっただろう」

「あー、売り場の方は俺たち見てないんです。所轄はさっさと地取《じど》りに行けって、追い払われたので」

伊崎が悔しそうに言った。捜査する刑事に現場も満足に見せないとはどういうことだ。

「はあ……どんだけ嫌われてんだよ」

追い払ったのは捜査一課の人間に違いない。所轄と本庁の摩擦というより、南元が嫌われすぎているのだ。物怖《ものお》じしない性格と、検挙率の高さ。面子《メンツ》とか嫉妬とか、そんなつまらない感情で嫌がらせをして、捜査を阻害するのも、私情を持ち込んでいるということになるのではないか。

しかし当の本人は特に気にしている様子もなく、いたってマイペース。嫌われているから所轄の刑事同士コンビが組めているようなものなので、南元にしてみれば好都合なのかもしれない。

「こりゃ、凶器にちょうどいい感じ、なのかね」

高木が取り出した写真を見て、南元が言った。

「現物を見てみないとなんとも言えないけど、殴《なぐ》るにはちょうどいいサイズかもな」

「この賞を取ったのが北原なのか？」

「そう。このトロフィーは殺害現場の店に飾られていたらしいんだが、なくなっている。いつ消えたのかはわからない。北原も行方は知らないそうだ。きみたちが訊きに来たのは緑野のことか？」

「繋がりがあるとわかっちゃ、確認しないわけにはいかないだろ」

「北原と緑野は製菓学校の同期だそうだ。被害者と緑野を引き合わせたのも北原だった。以上だ」

「会うなと？」

MENU

「まだなにか確認することがあるか？　……あっても今日は引いてくれ。この事件、もうすぐ幕引きする」

鋭い南元に核心をついてもらっても困るのだ。今はまだ。

「へえ。まあ俺としちゃ、ちゃんと決着がつくんならそれでいい。真面目なザキくんは、殺人事件の捜査中はガードが堅くなっちゃうんだよ。早く解決しないと俺が欲求不満で干からびる。だから誰が検挙してもかまわないが……間違えるなよ？」

南元は真っ当なことに、ろくでもないことを交えて言った。

「な、な、なに言ってるんですか、俺のことは関係ないでしょ⁉　不謹慎です」

伊崎は顔を赤くして怒り、南元はそれを見てニヤニヤする。

「きみが干からびようと知ったことではないが、事件を早く正しく終わらせたいという点には同意だ。罪は、犯した人間が償わなくてはならない」

今は目の前の恋人たちのことなどどうでもよかった。頭の中は事件のことだけ。緑野のことだけ。どうすれば正しく終わらせることができるのか、それだけ。

「高木さんって……事件の時はちゃんとしてますよね」

さっきまで赤くなっていた伊崎が、肩を抱き寄せようとする南元の手をはたき落としながら、真顔で言った。

「は？　真悟《しんご》、それはどういう意味だい？　僕はその男と違っていつもちゃんとしてるよ」

「えーと、ちゃんとっていうのは、変に装ってないっていうか。普段の高木さんはいろんなもんを付け足して、どういう人なのかわかりにくくなってるけど、事件と向き合ってる時の高木さんはシンプルでなんか格好いいなって」

「真悟、それは格好いいんじゃない。ただわかりやすいだけだ。摑み所のない男が、事件解決を最優先にするっていう摑み所を見せるだけで、別に格好いいわけじゃない。俺の方が格好いい」

南元が言いたいのは最後の部分だけだろう。

「そういうことなんですけど、そういう高木さんが格好いいって――」

しつこく主張しようとした伊崎は、ヘッドロックされてじたばたする。

じゃれ合う男たちを見て、過去の自分たちを思い出した。しかし高校生のじゃれ合いはもっと微笑ましく、南元のようにいやらしい指遣いでさりげなく相手の官能を刺激するようなことはしなかった。ただただ楽しいばかりだった。

それだけでよかったのだ。別に恋人になんかならなくても、そばにいられれば、それで。

無言で自分たちを見る高木を見て、南元は伊崎を抱き寄せて口を開いた。

「今回は輪をかけて事件解決に一直線って感じだよな。らしくもなく、黒田さんに突っかかったりして。必死でちょっと可愛いじゃねえかって思っちまったぞ、管理官」

ニヤニヤ笑いながら言われた。

「きみに可愛いなんて言われてもなんにも嬉しくないよ」

「へえ。誰に言われたら嬉しいんだ？」

「だ、誰にも言われたくないよ！」

思わず強く言い返せば、見透かしたような目で見られ、伊崎にもニコニコと見られて顔を背ける。

人生なにが起こるかわからない、とは、二人がくっついた時に思った。女タラシのろくでなしが、ひとりの男にデレデレになるなんて、正直思っていなかった。

それでも伊崎をけしかけたのは自分だ。やってみなければわからないという気持ちより、ぶつかって砕けた方がきっと後悔が少ないだろうと思ったから。

しかし南元という男は、こちらの想像を超えて自由だった。事件も恋愛も、人生のすべてを楽しんでいる。

正反対なのだ。こうなってほしいとは思わないが、少しは見習ってほしいものだと思う。背格好は似ているのに、中身があまりにも違う。女タラシという属性は同じでも、その先にある表情は真逆だ。

人生を思うままに謳歌《おうか》している男の周りには、常識から外れても笑顔がある。人の荷物まで背負い込んでしまう思いやりの深すぎる男は、いつも悲愴感《ひそうかん》を引きずっている。

どっちと一緒にいたら楽しいかは一目瞭然《いちもくりょうぜん》だが、どっちに惹かれるかは人それぞれだろう。

高木には緑野しか目に入らない。

その悲愴感をぶっ壊したい。笑わせてもらうより笑わせたいし、生きることを楽しんでほしい。自分がそばにいることでそうなるならそばにいる。遠くからの方がいいならそうする。これは自分のエゴだ。本人がどう生きたいのかなんてわからない。でもどうせ己のエゴ丸出しで生きるなんてことはしない男だ。だったらこっちのエゴを押しつける。

「俺が……幸せにする」

その方法を考える。策士向きじゃないと言われたが、そんなのは無視だ。できないと思ったら、できることもできなくなってしまう。

自分に言い聞かせた呟《つぶや》きは、伊崎の耳に届いていたらしい。

「高木さん、俺にできることがあるなら言ってください。いろいろお世話になったし、なにより高木さんの幸せそうな顔が見たいから、手伝います」

普段クールぶっているが実は熱い男である伊崎は、なにか感じ入ったようにキラキラした目でそんなことを申し出た。

そんな目で見られたら、思わずニヤッとしてしまう。いじめたくてウズッとする。伊崎は犬みたいで実に可愛い。

「迂闊《うかつ》なことを言うな、真悟。なにやらされるかわかったもんじゃねえ」

人を見ることに長けた飼い主は、子犬を腕の中に抱き込んで高木から引き離した。いい判断だがもう遅い。

「ありがとう、真悟。その時はよろしく頼むよ」

言質《げんち》はしっかり取っておく。策士として手駒のキープは重要だ。

手駒その一とその二に笑みを向け、高木は頭の中では策を巡らしながら捜査本部へ戻った。

◇　逃避行／自白

しかし、署に戻ると、思いもかけぬ事態が待っていた。

捜査本部の置かれた会議室に入ると、この時間にしては多めの人間がいて、高木を見るとみな微妙に目を逸らした。ニヤニヤ笑っている者もいる。

この場にいる者の中では地位が一番上の主任が前に出てきて、言いにくそうに告げた。

「緑野篤士の逮捕状が請求されました」

「は？　逮捕状って……どういうことですか？　そんなこと聞いてない」

早速の不測の事態だ。現場の責任者たる管理官としての面子は丸つぶれ。それも問題だがそれ以上に、逮捕という現実が大問題だ。

「刑事部長の判断、だそうです」

「刑事部長？　なぜ急に部長が出てくるんですか⁉」

詰め寄れば、主任は周囲を見回し、潜めた声で耳打ちした。

「黒田さん、刑事部長と同期で昵懇《じっこん》の間柄なんだよ。刑事部長はノンキャリの星で、現場にキャリアが出しゃばるの嫌ってるって知ってるだろ？　今までミスらしいミスもなく、高い検挙率を保ってたきみが、今回は公私混同して捜査を混乱させているって。ようやく尻尾《しっぽ》掴んだみたいな気分なんだろ」

上司に対する言葉遣いではなく、普通に若者に話しかけるような口調だった。この主任とは何度も一緒に仕事をしていて、捜査一課の中では一番気心が知れている。

黒田は捜査会議で高木と対立した古参の刑事。刑事部長がキャリア嫌いなのは知っていたが、そこが組んでくるとは思わなかった。

「でもまだ証拠は不十分でしょう」

「目撃者の証言との符合、それを黙秘したことが一番だな。アリバイはなく、動機がある。現場付近に所持品も落ちていた。それで自供に追い込む自信があるんだろ」

「でもなんでこんな夜に。明日の朝でもよかったはずだ……」

「それはきみがいない時を狙ったんだろ。あと、今夜の裁判所の当番が、なんでも通過させちゃうことで有名な人だから」

裁判所に逮捕状を請求して却下されることは滅多にない。しかしそれはもちろん警察が逮捕に足る証拠を揃えてから申請しているから。それでも人によっては書類を丁寧に精査し、時間がかかったり、時には突き返されることもある。昼間行けば誰が受理するかわからないが、夜は当番制なので、ほとんど確認もせずに判を押す人がいる時を狙うことはある。

「どっちが公私混同なんだ……」

目撃証言は確かに大きい。あの体格で足を引きずる人間はそう多くないだろう。しかも緑野はそれに関して黙秘した。だが、それが緑野だったとしても、殺した証拠にはならない。

しかしほどなく逮捕状は発行され、黒田の手によって緑野は逮捕、署へと連行されてきた。

「黒田さん」

「すまんね、管理官。刑事部長に報告したら、それはもう逮捕だろうということになって。殺人犯をいつまでも野放しにしておくわけにはいかんから。あんたがいなかったんで、俺が代わりに捕まえてきたよ」

鼻高々に言い放った。そしてそのまま取調室に向かおうとする。

「もう時間が遅いです。拘束したんですから朝まで待っても大丈夫でしょう。取り調べは明日の朝からにしてください」

「あーあ、最近の警察は軟弱で困るよ。昔は寝かせずに取り調べしたもんだが、今は人殺しにも人権とか言い出す」

「それで誤認逮捕をいくつも生んでいるからでしょう」

「はいはい、じゃあ朝からにいたしますよ。でも今度は自分が取り調べをしますから。おいおまえ、キャリア様のぬるい取り調べとは違うからな。覚悟しとけ」

黒田はもう己が天下とばかりに振る舞う。緑野に顔を近づけ、鋭い眼光で睨みつけた。挑まれた緑野は、フッと相手を小馬鹿にしたように笑った。

「お手柔らかにお願いしますよ」

しかし目が笑っていない。これは相当怒っている時。静かに火花が散ったように見えた。

緑野は留置場に連れていかれ、黒田は「あいつが絶対犯人だ」と息巻いている。「あれは人を殺した奴の目だ！」などと。

憤懣《ふんまん》やるかたなし。だが、今黒田と言い合ってもなんの意味もない。

ひとまず気持ちを落ち着けようと非常階段に出た。二階と三階の間の踊り場で、階段に腰かけ、手摺《てすり》にもたれる。夜の風は冷たく、街の喧騒は近くてわりとうるさい。しかしその方が集中できる。

とはいえ、最初のうちは黒田への呪詛《じゅそ》の言葉ばかりが浮かんできた。クソじじい、クソじじいと罵るうちに頭は冷えて、前を向く気持ちになった。じじい呪詛に時間を割いている場合ではない。

今、自分が立てている仮説を検証する。

たぶん、犯人は北原だ。オーナーとなにかしらで揉めて、突発的にそこにあったトロフィーで殴って死亡させた。逃げて、緑野に相談し、緑野は自分が罪を被《かぶ》ることにした。現場に行って証拠を隠滅し、逃げる姿をわざと見せたのかもしれない。

大まかに言えばそんなところだろう。

亜美のお腹《なか》には子供がいるようだった。その未来に影を差したくない。殺人犯の子として生まれてくるのは忍びない。そう考えた父と伯父《おじ》の気持ちはよくわかる。

でも、誰かを護るためであっても真実を歪《ゆが》めてしまえば、必ずどこかに歪《ひず》みが生まれる。多くは人の心に。

善良な者ほど良心の呵責《かしゃく》は強い。子供のためとはいえ、北原がそれに耐えられるかどうか。生きていれば、辛《つら》い現実は誰の元にも必ずやってくる。それを受け止め、乗り越えなくては生きていけない。足の速い子と遅い子がいる現実に蓋をして、手を繋いでゴールさせるなんていうのは、子供の成長の機会を奪っているに等しい。

とはいえ、可愛い子は護りたいと思うもの。その現実が過酷なものであればなおさら。ぐるぐる回る。なにが正しい答えなのかなんてわからない。わからないなら、真実を取る。緑野は余計なことだと言うだろうけど。余計なことを言うのが自分の役割だ。

携帯電話を取り出して、さっき聞いたばかりの番号にかける。

「緑野篤士が殺人容疑で逮捕されました」

とりあえず種を蒔《ま》いた。それがどこまで育つか予想する。いつどこで結実するか、しないのか。

　高木はその足で留置場へと向かった。

　警察署内の留置場は意外に明るい。鉄格子《てつごうし》の色も白。冷暖房完備で快適だが、無機質で自由のない場所に長くいたいと思う者は少ないだろう。

　留置場入り口の門番は年配の看守で、高木が手帳を見せるとなにも言わずに通してくれた。入ると通路に沿って房が六つ並んでいる。それらすべてが見える対面に監視台があり、個室の鍵を持ったもう一人の看守が詰めている。

「本庁捜査一課、管理官の高木だ」

　手帳を見せると、若い看守は立ち上がり、のけぞらんばかりに背筋を伸ばした。

「少し話がしたい。今入った緑野の房を開けてくれ」

「え、あ、しかし……」

　中に入ることは原則禁じられている。

「大丈夫だ。なにかあれば私が責任を取る。きみは刑事になるのだろう？　名前は？」

「徳田《とくだ》です」

「覚えておくよ」

にっこり微笑むと、徳田は迷いながらも前に出て、一番端の房の鍵を開けた。

若い看守はだいたい次に刑事になる者が勉強のために配属される。刑事になりたいのなら、いつか本庁と思っている者も多い。管理官に恩を売っておいて損はない。

高木が中に入ると鍵を閉め、所定の場所に戻っていった。

畳敷きの狭い個室。白い鉄格子の下半分には、プライバシーに配慮して、磨《す》りガラスのようなボードで目隠しされている。中で座ると看守からは頭しか見えない。

壁に背を預けて座っていた緑野は、入ってきた高木を見て、迷惑そうな顔をした。

「なんだよ、遊びに来てやったんだから、もっと喜べよ」

「嬉しくないものは喜べない」

緑野にニコリともせずに言われれば、普通は引いてしまうのかもしれない。しかし高木は気にも留めず、胡座《あぐら》を掻《か》く緑野の横に、できるだけ近づいて座った。

体温を感じる距離は久しぶりのような気がしたが、居酒屋に行ってからまだ一ヶ月も経っていない。

「おまえ、俺に誤認逮捕で送検させる気か？」

近づいたのは、大きな声ではできない話をするためだった。

「逮捕したのはそっちだろう。送検するかもそっちの問題だ」

「おまえが本当のことを喋ってくれれば、俺は誤送検せずに済むんだが」

膝《ひざ》を抱え、横に目を向ける。緑野はこちらを見ようとしない。

「……俺がやったとは思わないのか？」

「思わない。おまえは誰かを庇っている。違うか？」

「さあ。……できればおまえにはこの事件に関わってほしくないんだが、そうもいかないんだろうな」

「いかないな。緊急入院でもしない限り、おまえを送検するのは俺の仕事だ。でも俺は、自分がこの事件に関わることになったのは、どうにかしろっていう天の声なんじゃないかと思ってる。俺以外の誰にも真実を解明することはできないから」

そうだろう？　と緑野の顔を覗き込むように見たが、緑野は頑なに前を向いている。

「想……俺には、真実より大事なものがある。わかってくれ」

緑野は言った。あまりにも予想通りの言葉に溜息をつく。

「おまえさ……その、自分を蔑《ないがし》ろにする癖、どうにかしろ。おまえの幸せを願ってる奴だっているんだから」

「俺の幸せ？　へえ。誰だよ」

本気で意外そうなのが腹立たしい。

「それは……タヌとか、カキとか……俺、とか」

「へえ。想は俺に幸せになってほしいのか？」

口元に茶化すような笑みが浮かんだ。

「そりゃ思うだろ。当然だろ。人が背負うべきもんまで勝手に背負ってんじゃねえよ」

思わず強い口調で言った。本当に「勝手に」なのだ。我が物のように人の荷物を背負って、なんら見返りを求めない。

高木は身体ごと横を向いて正座すると、緑野を真っ直ぐに見て、肘の辺りをギュッと摑んだ。引き留めるように。

「想……俺に悪いと思う必要はない。もし本当に幸せになってほしいと思ってくれるのなら……」

その手を上から握られた。ギュッと、強く。

「なに？」

期待を込めて促したのに、

「今すぐここから出ていってくれ。おまえが留置場にいるのなんて見たくない」

緑野は肘から高木の手を外し、手放した。

大きな手の温もりに強く包み込まれたのは一瞬。突き放されて、手はまるで捨てられたみたいに床に落ちた。

「俺だってそんなの見たくねえんだよ。わかれよ」

留置場にいる友達を見たい人間なんているわけがない。

ムカムカする。自分の言葉は緑野の心に届かない。捨てられた手で拳をギュッと握る。

「想、俺のことは気にするな。って言ってもおまえにゃ無理か。おまえの記憶から俺のことを消し去ってしまえればいいのにな」

そう言ってやっとこっちを見た目が優しくて、無性に腹が立った。

「はあ⁉　篤士てめぇ……いい加減にしろよ！　たとえおまえにだってな、俺の一番大切なもの奪う権利はないんだよ！」

胸ぐらを摑んで揺すり、睨みつける目に涙が溢れそうになって突き放した。

「おまえは本当、くそったれだぜ」

激昂《げっこう》したまま言葉を投げつけ、若い看守に出ると告げる。

エリート然と落ち着いていた警視の、子供じみた汚い言葉に目を丸くしていた看守は、慌てて鍵を開け、高木が出るとまたすぐに施錠した。

ガシャンと金属音が留置場内に重く響き、高木の心を押し潰す。

緑野はそんな重い枷《かせ》をいくつも手足にはめて、ひとり平然と歩く。他人のだって自分のだって関係ない。助けなど求めないし、ひとつ持ってくれなんてことも絶対に言わない。

腹が立って仕方なかった。腹が立って泣きたくなる。

忘れてほしいなんて、言われる身にもなれというのだ。優しくない。全然優しくない。そんなやり方では誰も幸せになんかなれない。

高木は歯を食いしばったまま署を出て、隣のコンビニエンスストアへ突進する。赤い目をして手当たり次第にスイーツを買い占める眼鏡スーツの男を、店員は奇異の目で見たが、高木はかまわなかった。自分の車の中に持ち込んでやけ食いする。

そして道場で汗を流すのが高木のストレス解消法。

しかし心は一向に晴れなかった。

翌朝から取り調べが行われた。任意の参考人聴取ではなく、逮捕後の被疑者聴取。

黒田は意気揚々と取調室に入り、旧態依然としたやり方で緑野に自白を強要した。手を出さないということだけは気をつけているようだが、殺人犯に人権なしとばかりに、聞くに堪《た》えない汚い言葉を浴びせかける。

しかし緑野は平然としていた。平然と黒田の目を見返し、なにも喋らない。黒田はひとりでどんどんヒートアップしていく。

「おまえ、ガキん時から悪かったんだろ？　親が悪いとか社会が悪いとか、そんなのは言い訳にならねえんだよ！　なんの罪もない人を殴って病院送りにして、少年院でなんにも反省しなかったのか？　今度は雇い主を殴って殺して刑務所行きとは。真っ逆さまの転落人生……いや、最初から落ちてるんだから、あなぐら人生か。格好いいじゃねえか。さっさと吐けよ。やったんだろう？　お友達の管理官も、早く仕事が終わって楽になるんだぜ？」

耳を塞ぎたかった。すべての言葉が自分に突き刺さる。

「因果応報だよなあ。ガキの頃に刺された足が、今回の決め手になった。足を引きずりながら現場から立ち去ったのはおまえだな？　黙秘なんて認めねぞ？　俺はお友達の甘ちゃん警視とは違うんだよ」

黒田はニヤッと笑ってこっちを見た。隣から高木が見ているとわかってやっているのだ。

「あんたの取り調べは退屈だ。芸がない。もう一回勉強し直した方がいいんじゃないか？　まあ、定年も近そうだけど」

緑野が初めて長いセンテンスを喋ったのがそれだった。

芸がない男は怒りで顔を赤くして、定年間近とも思えぬ稚拙な罵声を緑野に浴びせた。これが捜査一課の刑事だとは信じたくない。しかしここに自分が割り込んでいっても、事態は悪化するだけ。真実を喋らない緑野も悪いのだから、ここは耐えてもらう。

時計を見れば、もうすぐ正午。昼食抜きで取り調べなんていうのは、今の時代認められない。一旦留置場に戻って食事となる。

高木が廊下に出ると、伊崎が近寄ってきた。

「どうするんですか？　高木さん……なにかするつもりでしょう？」

「なぜそう思う?」

「顔が、ちゃんとした高木さんだから」

「は? 僕はいつもちゃんとしてるって言ってるだろう。でも、鋭いよ。悪いけど僕の車を裏に回しておいてくれるかな、こっそり」

車のキーを手渡した。

「なにするつもりなんですか……」

「知らない方がいい。きみには刑事でいてほしいからね」

ウインクなどしてみせれば、伊崎はにっこり笑って、それ以上は聞かずに去っていった。

非常階段に出て電話を一本かける。

「篤士に亜美ちゃんの花嫁《はなよめ》姿、見せてやってください」

『え?』

「式が終わったら、殺人容疑で送検します。愛する人たちに恥ずかしくない生き方を、どうか自分で選んでください」

それだけ告げて、電話を切った。なにをどうするか、自分で選んで進んでほしい。

「おい、てめえ……真悟になにさせるつもりだ?」

そこに南元が現れて、思わず舌打ちする。

「きみに用はない。……あ、ある!」

南元の体躯《たいく》を見て閃《ひらめ》いた。

「あ？　なんだよ？」

南元は嫌そうな顔になって少し身を引いた。

「きみ、礼服かスーツ、ロッカーに置いているよね？　ちゃんとした場所に着ていけるやつ」

刑事は捜査の関係で葬儀やパーティーなどに出ることがあり、礼服をロッカーに入れている者は多い。特に南元は普段がラフな格好なので、それなりの場所に潜入するためには浮かないようスーツに着替える必要がある。体格的にも人に借りるというのは難しいだろう。

「それがなんだよ」

「貸してくれ」

「はあ？　あんたに俺のスーツはブカブカだろ……って、まさか……」

「きみは僕に借りがあるはず。なにも聞かずに貸してもらおうか」

以前、伊崎絡みで手を貸してやったことを持ち出す。勘のよい南元は、なにも聞かなくてもだいたい察したようで、呆れながらも面白がるような顔になった。

「あー……はいはい、なんにも聞きません。しかしまあ、あんた意外に大胆だな。降格覚悟か？」

「そんなものは怖くない。僕も忘れてたんだけど、突っ走るタイプだったんだ。頭がよくて行動力もあって……ついでに愛もある。最強だろ？」

「なんだそれ。さすが元ヤン」

南元は笑って、黒いスーツの一揃えをロッカーから持ち出してきて貸してくれた。それを持って高木は留置場へと向かう。

昨夜からまだ交替していなかった若い看守は、高木の顔を見ると条件反射のように背筋を伸ばした。高木がにっこり笑って、少し早いが身柄を引き受けに来たと告げると、恐る恐るというふうに訊いてきた。

「あの……おひとりですか？」

「怠慢な刑事は外で待ってるんだよ。きみは真面目でいいね、徳田くん。ぜひ一課に来てほしいよ」

被疑者の移送は署内といえど、二人以上で行うのが原則だ。管理官がひとりで引き取りに来るというのもおかしい。

しかし褒《ほ》められた徳田のガードは緩んだ。高木は笑顔の下で、早くしないと本物が来ると焦る。緑野は手錠と腰縄をされている間中、訝《いぶか》しげな視線を高木に向けてきた。それは無視して留置場の外に連れ出す。年配の看守はやはりなにも言わずに通した。今回はありがたいが、怠慢と言わざるを得ない。

「篤士、走るぞ」

「は？」

「行くんだよ、結婚式。見たいだろ、亜美ちゃんの花嫁姿」

「なに言ってんだ、おまえ。俺は逮捕されたんだろ。そんなことしたら……」

「うだうだ言うな。俺は絶対、真実を諦めない。悪いようにはならないからついてこい！」

強引に腕を引き、階段を駆け下りる。緑野に抵抗されることを一番危惧していたが、緑野は戸惑いながらもついてきた。

裏口まで誰とも遭遇せずに辿り着き、外に出るドアの手前で、すれ違いざまに伊崎から車のキーを受け取る。

「ありがとう。きみたちは知らぬ存ぜぬで通してくれ」

「了解です」

小声で短くやり取りをして、伊崎は署内へと戻っていった。

外に出ると、すぐのところにメタリックブルーのハイブリッドカーが停められていた。高木の車だ。

「おまえ、本気か？」

車の手前で緑野は立ち止まり、問いかける。

「本気だよ。北原さんが、どうしてもおまえに来てほしいそうだ」

そんなことは言われていない。が、そうすることで北原も踏ん切りがつくはずだ。それになにより、緑野に亜美の晴れ姿を見せてやりたかった。

しかし緑野は足を踏み出そうとしない。焦って説得する。

「ちゃんと話をしろ。それでも今と同じ選択をするというのなら、本当にものすごく不本意だけど従う。証拠がないからどうしようもないっていうのが正しいけどな」

「ダメだ。俺が行けば、おまえの立場が悪くなる」

「うるせえ。あっちもこっちも立てようったって無理なんだよ。人の数だけ都合や思惑ってのはあるんだから。でも真実はひとつだけだ。それを見つけ出すために、刑事は地べた這《は》いずり回ってる。無実の人を逮捕しないっていうのは最低限のプライドなんだ。自分の立場なんかのためにそれを捨てるなんてできない。おまえが嫌だって言っても俺は連れていく」

連れていくといっても、強引にそれをする術《すべ》は持っていない。力ずくでは緑野に敵《かな》うはずがない。

「想……」

「頼むから乗ってくれ」

結局頼むしかないのが情けない。しかし緑野にはこれが一番有効だと知っている。

緑野は溜息をついて助手席に向かおうとした。が、そこへ。

「おい、どこへ行く⁉」

誰何《すいか》されてハッと振り返れば、最悪なことに黒田が立っていた。追いかけてきたのか、たまたま通りかかったのか。

その時、後ろから腕が首に巻きついてきて、逞《たくま》しい胸板に引き寄せられる。

「ドアを開けろ」

そう言ったのは緑野だ。行くのを渋っていた男が、一瞬で脅迫者に変わった。高木が素直にドアを開けると、車の中に乱暴に押し込んで、緑野が運転席に。車を急発進させる。

「篤士おまえ……本当に筋金入りだな」

筋金入りの捨て身。とっさに悪役を買って出たのだろうが、首謀者が自分だということはすぐにバレるだろう。

「とりあえず……式場に行く」

「そうしてくれ」

他に行くところが思いつけなかったのだろう。緑野は手錠をかけたまま器用に車を走らせる。高木は手錠の鍵を外し、両手を自由にしてやった。

結婚式場までは車で十五分ほど。今現在追ってくる車はなく、この車は私用車なので位置検索はできない。どこに行ったかを割り出すのには時間がかかるだろう。南元と伊崎が黙っていれば。

「亜美ちゃんにはなんて言ってるんだ？　おまえが式に出席しない理由」

「俺はパリに行ってて、昨日の便で戻るはずが手違いで乗り遅れた、ということになっている。はずだ」

「なるほどな。事前におまえが来られないのがわかってたら延期しそうだもんな。親代わりのお兄ちゃんがいないのに、結婚式なんてできない、とかって」

実の父はまだ刑務所で、母親は亡くなっている。身内は兄だけ。世話になった兄なのだ、出席できそうにないとわかった時点で、どうにか調整しようとするだろうし、殺人容疑で警察に捕まったとわかれば中止にするだろう。

式を挙げるための嘘。そうしろと言ったのはたぶん緑野。

逮捕は朝刊にはまだ出ていなかったし、テレビのニュースは今朝方起きた大きな事件で持ちきりだった。小さく報道されたかもしれないが、亜美と緑野は名字が違う。亜美の耳に届く可能性は低いだろう。

それを運がいいと取るのか。いっそどこかで破綻して中止になった方が、亜美のためにはよかったのではないか。

「亜美ちゃんは真実を知ったら、別れるって言うと思うか?」

「あの二人の絆は強い」

真実がなんなのかは曖昧なまま問えば、緑野も曖昧なまま答えた。

「そう思うなら信じてみればいいだろう」

「子供が生まれるんだ。父親と母親がいた方がいい」

「そりゃそうだけど。おまえがそう思うのはわかるけど……。それがすべてじゃないだろ。

嫌な思いをしたり、寂しい思いもするだろうけど、嘘の中で育つ子は本当に幸せか？」

「知らなければ幸せでいられる」

「知ったら？　護られたことに感謝するかもしれないけど、人を信じられなくなるかもしれない。……俺は、知らなくてもちっとも幸せじゃなかった。おまえは俺がいらないんだっていじけてた。おまえが牧原たちを殴って少年院に入ってたって知って、感謝よりもクソッタレって思ったよ。俺のためにおまえの人生が狂って、嘘に護られて、なにも知らずに幸せになれなんて、馬鹿にされてるとしか思えねえよ⁉」

だんだん腹が立って、運転している緑野に詰め寄った。緑野は前を向いたまま眉間に皺を寄せる。

「あれは……おまえのためなんかじゃねえ。俺がキレちまっただけだ。おまえをヤるって聞いた瞬間に、プチッと。気づいたら足を刺されてた。おまえとはもっと穏便に離れるつもりだったけど、少年院行きが決まって、道がくっきり分かれて、ちょうどいいと思った。おまえを馬鹿にしたことなんか一度もない。俺は、馬鹿な自分をおまえに近づけたくなかった」

悟ったように言うのがまたムカつく。正しいことをしたと思ってるようなのが気に入らない。地団駄《じだんだ》を踏みたい気分だ。

「確かにおまえは馬鹿だよな。俺は無知で臆病で、やっぱり馬鹿だったよ。これ以上傷つきたくなくて、おまえを捜さなかった。篤士が馬鹿だってよく知ってたのに！」

「馬鹿馬鹿言いすぎだろ。俺だって多少は傷つく」

「傷つけよ。そんで反省しろ。おまえの思いやりとか自己犠牲とかの全部が間違ってるわけじゃないけど、やり過ぎなんだよ。今度のはその最たるもんだ。犯した罪の肩代わりなんて、誰にもできない」

「本当に俺がやったかもしれないだろ」

「それならおまえは、最初に訊いた時に自分だって言うだろ」

「結婚式までの時間稼ぎだ。俺が逮捕されたら式は流れる。だから亜美には取り調べを受けてることを隠し通して、どのみち明日には自供するつもりだった」

「ふーん。ふーん。俺が北原さんに会った時、ものすごく苦しそうな顔してたけどな。あれで本当に胸張って父親やれるのかね？」

「やれるさ」

「じゃあれだ、証拠はどこにあるんだ？　凶器出せよ、凶器」

「捨てた」

「は？　どこにだよ？　川とか海とか言うなよ!?　探すのめちゃくちゃ大変なんだからな！」

詰め寄ると、緑野は口を噤《つぐ》んだ。

「おい、」

「……川」

「ふざけんな。マジか？　それも嘘だろ？　嘘って言え」

さらに身を乗り出し、肘を摑んで詰め寄る。

「おい警察官、運転中だ。ちゃんと座ってろ。俺に触るな。近づくな」

「は？　これくらい触ったって……」

ちゃんと座れというのは素直に受け入れられるが、ちょっと触れた程度で近づくなとまで言われるのは傷つく。

「触るな」

「わかったよ！　もう触りません！　ほら着いた。これに着替えろ」

南元から借りたスーツを緑野に押しつけた。

「は？」

「結婚式にその部屋着みたいな格好はまずいだろ」

「寝ようとしてたところをいきなり逮捕だって、あのおっさんにしょっ引かれたからな。着替える間もなく……。着替えるって、ここでか？　公然わいせつとか……」

「パンツ脱がなきゃ平気だよ！　あとご婦人の目につかないように車の陰で着替えろ」

緑野は素直に車の陰に屈み込んで着替えはじめた。高木は助手席の外に出て、緑野に背を向け、周囲を見張りながら待つ。

「これ……おまえのじゃないよな、サイズ的に。まさか買ったのか？」

「借りたんだよ。ほら、ケーキ屋で一緒にいた奴。おまえと同じくらいの体格だっただろ」

なにげなく言ったら、急に気配が近づいて、振り返ったら不機嫌そうな顔が間近にあった。

「わ、なんだよ、おまえ……」

着替えはまだ不完全で、白いワイシャツと黒いスーツの上下を身につけてはいるが、胸元のボタンは留められておらず、逞《たくま》しい胸板が覗いている。それだけのことに動揺して目が泳ぐ。

緑野のスーツ姿を見るのは初めてだった。意外に似合っているし、着崩れた感じがなんだかセクシーで、なんとなく後ずさる。が、引き留めるように腕を掴まれた。

「さ、触るなっておまえが言ったくせに――」

ムッと睨んでみたものの、じっと見つめられればまた目が泳ぐ。

「仲がいいんだな、あの男と」

「よくないよ、全然。前にも言っただろ。あいつは敵だ、どっちかっていうと」

「でもおまえはそういうタイプの方が好きだろう。エリートやってるのは窮屈そうだったけど、あの男には遠慮なく物を言ってた」

「そういうタイプって、俺の好きなタイプなんて知らないだろ」

「知ってる」

いやにはっきりと言われて思わず視線を戻せば、真っ直ぐな視線を向けられて困惑する。

知ってる？　それはどういう意味だ？　緑野にも誰にでも、ずっと可愛い系が好きだと言ってきた。遠慮のいらない敵みたいな男が好きだなんて言ったことはない。

「知らないだろ。あんなのは全然好みじゃない。弱みを握ってるから、無理矢理スーツを出させたんだ」

「見事にサイズはぴったりだ。あいつに抱かれたことは……」

「はあ⁉　な、ない、ない！　絶対ない！　それ以上言ったらぶっとばすからな」

耳までカーッと真っ赤になる。なにを考えているのか。抱かれるわけがない。そんなこと想像されたくない。他の男になんて、一度も――。

「そうか。まあいいけど」

「なにが、まあいいんだよ。……行くぞ！」

なにやらモヤッとするが、蒸し返してもしょうがない。先に立って歩きはじめると、また腕を引かれた。

「なんだよ、触んなって」

「ネクタイを結んでくれ。こういうのとは縁がなくてな」

「はあ、ネクタイ⁉　しょ、しょうがねえな……」

自分のを結ぶのはもう慣れたものだが、人のは結んだことがなくて、ちょっと苦戦した。いや、それ以上に顔が近くて、じっと見下ろしてくる視線を感じて、手がうまく動かなかった。見るな、近づくな。そう言いたい。

「ほらできた。行くぞ」

キュッと締め上げて背を向ける。

緑野の「触るな、近づくな」もそういう意味だったのだろうか。いや緑野に限って、近づかれると緊張するなんてことはないだろう。

ガタイがいいから黒いスーツはよく似合っていた。しかしカタギには見えない。ヤクザかSPか。いや、こんな悪そうなSPはいない。

緑野が追いついて横に並んだ。並んで歩くだけで嬉しくなる。南元と伊崎を思い出し、ちょっと羨ましくなった。同じ仕事をしていたら、こうして並んで歩けるのだ。好きな人と、堂々と――。

今、緑野は被疑者。本来ならこうして並んで歩くことはなく、手錠をかけて腰縄を打って連行する相手だ。

「そういえばおまえ、バーテンダーしてたんじゃなかったっけ？　バーテンってネクタイ結ぶだろ」

ふと思い出して訊《たず》ねれば、緑野は明後日の方を向いた。

蝶《ちょう》ネクタイだったとか言えばいいのに、そういう嘘はつかない。

やっぱりどうしても、緑野が犯人だとは思えなかった。でも、ここまで来ても北原が頑なに否認したら、もう打つ手がない。被疑者を勝手に連れ出しただけ、ということになる。懲罰《ちょうばつ》は元より覚悟の上だが、成果がなにもないではあまりにも間抜けだ。

亜美の晴れ姿を見せてやることができれば、ちょっとは報われるか。

お城のような白亜の建物に入り、誘導サインに従って足早に進む。背後を気にして先を急いでいると、不意に笑いが込み上げてきた。

「想？　なにを笑ってる」

「いや、二人で警察に追われるのって、久しぶりだなと思って」

「は？　まあ、そうか。おっさんになって、こんな格好して、またサツに追われるとは。おまえは苦労してエリートになったのに。俺と関わるとろくなことがないな」

「バーカ。俺が連れ出したんだぞ？　お互い様っていうか……おまえの方が割り食ってるよ。昔もそうだったよな。俺が首突っ込んで、おまえら巻き込んで……」

「頭いいくせに考えなしなんだよな。やたら正義感強くて。己の力量以上の相手だってわかってても突っ込んでいくから目が離せなかった。巻き込まれるのも楽しかった」

「ご迷惑おかけしましたっ」

「楽しかったよ、人生で一番」

緑野はもう一回言って、フッと笑った。その笑顔を見て胸が詰まる。

大好きなのだ、この笑顔が。とても幸せそうに見えて。だから緑野にはどうしても幸せになってほしい。

「お、お兄ちゃん!?」

女性の声が聞こえて目を向ければ、眩《まぶ》しいばかりの白がまず目に入った。ウエディングベールは陽光を透かし、裾《すそ》の大きく広がった白いドレスも光を反射してキラキラと輝いていた。なにより輝いているのは花嫁の表情。来ないはずの兄を見つけて、満面の笑みを浮かべた。

昨日見かけたのと同じ女性のはずだが、髪をアップにしてきれいに化粧した顔は、美しい大人《おとな》の女性だった。

「きれいだ……」

思わず呟いて、ハッと口を噤む。ここは脇が口を挟む場面ではない。

しかし時すでに遅く、亜美に聞こえてしまったようで、視線がこちらへ移動した。

「あれ？　……もしかして、想ちゃん？」

そう呼ばれて、昔自分がそう呼ばれていたことを思い出した。

「よくわかったね」

「わかるわよ。想ちゃんは私が知ってる中で一番きれいな男の人だもん。でも、眼鏡掛けると急にインテリっぽくなるのね。それも素敵」

「亜美ちゃんこそ。とてもきれいだよ」

「いやだぁ……嬉しい。想ちゃんって昔から正直だったわよねえ」

白い手袋をした細い手を、まるでおばちゃんがするようにパタパタさせる。

思い出した。儚《はかな》げな容貌《ようぼう》のわりにさっぱりした性格だったこと。亜美が育った環境は、兄ほどではないにしても、決してよいとはいえなかった。でも皆に愛されていた。愛は人を真っ直ぐにする。

「亜美。想はもういいだろ。俺に見せろ」

「やだ、なにい？　遅れたくせにヤキモチ焼いてるの？　お兄ちゃんは本当、私が好きね。……あ、想ちゃんが好きなのかしら？」

二人して一瞬息を止め、「冗談よぉ」の声で息を吹き返す。乾いた笑いが漏れた。女というのは時に、不用意に核心を突く。

「私、きれいでしょ？　すっごく幸せなの。ありがとうね、お兄ちゃん。全部お兄ちゃんのおかげ」

「そんなことはない。おまえが頑張ってきたからだ」

「うん。これからもっと頑張るから。私、頑張るよ」

幸せな花嫁の美しい涙。だけどなにか違和感を覚える。それを緑野も感じたようだ。

「亜美？」

心配そうに声をかけた兄の胸に花嫁は飛び込んだ。細い腕で逞しい身体にしがみついて、子供のように泣く。

その背後から、これまた真っ白な花婿《はなむこ》が現れた。

「篤士さん。刑事さんも。ありがとうございます。来て、くださって。本当に、本当に」

それは晴れの日の顔ではなかった。なにかを覚悟した顔。それも悲愴な決意。

「お願いします。もう少しだけ待ってください……。わがままを言いますが」

北原は深々と頭を下げた。

正直どこまで見られるかはわからなかった。人間性はさておき、みな優秀な刑事だ。この場所を洗い出すのにそれほど時間はかからないだろう。刑事が乱入して式場全体の空気を壊してしまうのは避けたい。

しかし、披露宴はもう終盤だった。

「間に合ってよかった。お兄ちゃんに花束を受け取ってほしかったの」

両親への花束贈呈は披露宴のクライマックス。涙ながらに感謝の手紙を読み上げ、両親は感極まり、列席者ももらい泣きする。

しかしこの式では少々趣が違うものになった。

北原の身内も父親だけで、披露宴自体こぢんまりとしていた。高木は扉の前に立ち、外を窺《うかが》いながら、もう少しだけと祈るような気持ちで宴を見守る。

北原の父と緑野に花束が渡され、新婦が兄への手紙を読みはじめた。

高木はこの直前に、北原に問われたことを思い出す。

「中橋さんが殴られたのは、一回だけ、だったんですよね？」

「そうです。脳の損傷は一カ所。殴打《おうだ》により脳の血管が切れ、硬膜下に血が溜まり、意識障害を起こして死に至ったと考えられます」

「そうですか。やっぱり……。すぐに救急車を呼んでおけば助かったかも？」

「あるいは」

命は助かったかもしれない。ただ高次の脳機能障害が残った可能性は高い。しかしそれはまた別の問題だ。

「僕は現実から逃げたんです。篤士さんの言葉に甘えて、僕じゃなくてよかった、なんて思っちゃって。よく考えればわかったのに……。僕はもう、逃げません」

すべてを受け止めれば顔は前を向く。上げられた顔は晴れの日に相応《ふさわ》しかった。

静まりかえった会場内に、亜美の声が響いている。己の過去を赤裸々に語り、亡くなった母に、兄のこれまでの献身に、感謝の言葉を述べる。時に涙で震えたが、心からの声はしっかりと人々の心に届いた。

「今まで私はずっと、お兄ちゃんに護られてぬくぬくと幸せでした。これからは私が彼を、そして子供を護って、幸せにします」

花嫁の宣言にしては少々男前だが、それ自体は門出に相応しい言葉だった。しかしそこで亜美は手紙を持っていた手を下ろし、真っ直ぐ前を向いた。

「昨夜《ゆうべ》、私は彼から告白されました」

その言葉に冷やかすような声も上がったのだけど。

「僕は、人を殺してしまったようだ、と」

シンとこの上なく静まりかえる。誰もなにも反応できなかった。緑野だけが慌てて止めようとして、北原に制される。

「泰典《やすのり》さんは私とお腹の中の子供を護るため、ある女性を殴ってしまったそうです。そしてお兄ちゃんは、私たちを護るために、その罪を被ろうとしてくれている。話を聞いた時、私は目の前が真っ暗になりました。泰典さんの様子がおかしいことには気づいていたけど、マリッジブルーかしら、なんて暢気《のんき》に思ったりして。やっぱり私は、なにも知らずに護られていたんです。でもね、お兄ちゃん、もうそういうのいいから。余計なお世話だから。私、護られてる場合じゃないの。もうすぐ母になるんだから」

亜美は緑野の顔をじっと見つめて語りかける。少女を脱した女性は、聖母のように慈悲深く凜《りん》とした笑みを浮かべていた。

緑野はほんの少し目を細め、無言で妹を見つめ返した。

「みなさん、ごめんなさい。お祝いに来てくださったのに。不快な思いさせてしまって」

「申し訳ありません。僕はこれから罪を償ってきます。本当は僕が、妻と子を幸せにしますと約束しなくちゃならないんですが、みなさまにお願いします。どうか二人を助けてやってください。こんな情けない男は、亜美の夫にも、子供の父親にもなる資格はないんですが。一言だけ言わせてください。……愛しています。心から」

手を取ってそう告げられた亜美は、感極まったように北原に抱きついた。

「私も！　待ってるから。待ってるから！」

オンオン泣きじゃくる亜美を、北原はしっかり抱きしめる。その顔には、これが本当に犯罪者の表情なのかと疑うほど、優しい笑みが浮かんでいた。

戸惑いの拍手がパラパラと起き、次第にそれは大きく、数を増やして、会場の外にまで響き渡るほどの喝采《かっさい》となった。激励の声に二人は深々と頭を下げる。

「おまえの出る幕なんてもうないな」

「ああ」

高木は緑野の横を通り過ぎて、北原の前に立った。北原は両手を差し出す。

「手錠、忘れてきたので。今からすぐに最寄りの警察署に出頭してください」

「え？　でも……」

「急いで。過保護な兄貴が犯人面《づら》していたから、あなたは容疑者にもなっていません。今ならまだ自首扱いになります。早く」

「行こう、やっちゃん」

新婦が新郎の手を摑んだ。

「うん」

二人手を取り合って走り出す。真っ白な衣装に身を包んだ二人は、光を浴びてキラキラと輝いていた。まるで前途洋々のように見える。

「あ、走っちゃダメだよ、亜美。お腹の子が……」

「なに言ってんの。走るくらいでどうにかなるほど柔じゃないわよ。私も、この子も。これからどんどん強くなるんだから！」

どう考えたって前途は過酷なのに、その未来がどす黒く染まってしまうことはないだろうと思えた。

「で、おまえはどうするんだ？」

高木は意地の悪い顔をして緑野に問いかけた。

「まあ、とりあえず戻るか。……悪かったな、想。ありがとう」

「おう。じゃあ、二人で怒られに行くとしよう。ゆっくりな」

北原たちより早く戻るわけにはいかない。事件の真相を知った時、黒田がどんな顔をするのかは見てみたいけど、それもどうでもいい。

「おまえ、現場には行ったんだな？　北原が殴った後に」

「ああ。北原に殴られて、あの女は訴えると言ったらしい。それで、北原は怖くなって、凶
駐車場へ歩きながら緑野に事情聴取する。

器持ったまま逃げ出した。泣きそうな声で俺に電話してきたんだよ、どうしようって。だから俺はとりあえず店に行ってみた。謝ってどうにかなるとは思えなかったが、病院に連れていってなんとか懐柔策を探ろうと。でも俺が着いた時にはもう冷たくなってた」

「場合によってはよりを戻そうと？」

「それもありだと思ってた。そもそも俺が関係を清算したのが始まりだったからな。俺に嫌がらせするために、北原と亜美をターゲットにしたんだ。北原の店の悪評を流したり、仕入れを邪魔したり。ついには亜美が突き飛ばされて、幸いお腹の子は無事だったが、おとなしい北原も切れた。店に乗り込んで文句を言ったが、どこに証拠があると開き直られたらしい。そして俺の過去のことや、北原の容姿や、亜美のことまで悪く言われて。とどめは、そんな最悪の遺伝子を持った子供、生まれない方がいいって高笑いされて、気づいたらぶん殴ってたそうだ」

緑野の話を聞きながら車に乗り込んだ。今度は運転席に高木が、助手席に緑野が座る。そのまま発車させずに話の続きを聞いた。

「俺の人生、浮上しかけては沈む。どうしようか真剣に考えたよ。おまえの顔も浮かんだし。子供のことがなければ、自首させただろうな。でも一番丸く収まる方法を思いついた」

「自分が被ればいいって？」

「北原には、俺がもう一回殴って殺したって言った。あいつはそれを信じた。信じたかったんだろうな。亜美と子供のために、殴ったことは誰にも絶対喋らないよう言いくるめた」

北原は傷害罪だと思っていたのだ、自分の罪を。でも薄々気づいていた。緑野と親しく接していれば、我慢強く優しい男だということはわかる。半信半疑で、でも自分が殴った時には確かに生きていたし、亜美や子供のために犯罪者になるわけにはいかない。そんな葛藤。

「悪いな、凶器は本当に川に捨てたらしい。店の近くの、あのでっかい川」

「マジか……」

高木は項垂《うなだ》れる。川の捜索は骨が折れるし経費もかかる。

「あのキーホルダーはわざと落としたんじゃない。なくなってることに気づいた時には、いよいよ終わったなって思った。おまえとかろうじて繋がっていた糸が切れた。再会できて、ちょっと浮かれてたんだ。全部清算してから……、なんて欲を出したせいで最悪のことが起こった。調子に乗るな、想に近づくなって言われた気分だった」

「誰が言うんだよ、そんなこと。言っとくけど、うちの親は言わないからな。おまえはすぐ俺から逃げるんだよ。まあ俺も、追いかけなかったけど」

半ばむきになって前を向いて生きてきた。時には後ろを振り返り、反省したりケリをつけたりするべきだったのかもしれない。でもそれも、今だから思えること。今、目の前に、過去に置いてきた人がいてくれるから。

「逃げた、か……。そうかもな。おまえのためなんて言い訳して、おまえのそばにいる自信がなくて逃げたのかも」

話は事件とは関係のない方に流れていき、高木はうやむやにしてきた過去にケリをつけることにした。

「俺のことが嫌になっていなくなったんじゃないんだよな？　男抱いて、我に返ったら気持ち悪くなって、とかそういうことじゃないんだよな？」

いなくなった事情はもうわかっているけど、そういうことを思わなかったとは限らない。言わないだけで思っていた可能性はある。

「そんなこと思ってたのか。いや、思うだろうなと思ったけど……」

緑野がこちらを見ているのは感じたけど、返事を聞くまでその顔を見る気になれない。

「そんな奴にもらったキーホルダーを後生大事に持ってるわけないだろ。逆だ。おまえのことが大事だから離れた。そばにいたら、手を出さずにいられる自信はなかった。気持ち悪いなんて一瞬も思わなかった。すごく可愛かったぞ？」

「は⁉　そ、そういうことは訊いてない」

チラッと横を見れば、緑野は優しい目をして微笑んでいた。

「こっちは必死でブレーキかけてたのに。おまえがキスなんかするから。我慢できずに目を開けたら、おまえが襲ってくれと言わんばかりの可愛い顔してた」

「し、してない」

どんどん顔が熱くなるから、ますます緑野の方を見られなくなる。

「もう抱かないって言った時、おまえが傷ついたのはわかってた。おまえが俺のことを好きなのもわかってた」

「え⁉　なっ……。そりゃ、そうか」

当時は隠しているつもりでいたけど、隠せていなかったと言われれば、そうだろうという気もする。傷ついたことだって、うまく隠したつもりでいた。平然と受け答えをしたつもりだった。全部バレバレだったなんて格好悪い。

「俺も好きだったから、自分を止めるのは大変だった。突き放して、おまえを傷つけたっていう罪悪感をブレーキにした。長いこと連絡も取らず、悪かった。……想」

名前を呼ばれて、目だけ横を見る。どんな顔をすればいいのか。喜べばいいのか、怒ればいいのか。わからなくて、口をへの字に曲げて難しい顔を作った。

過去のことでも、好きだったなんて言われたら、じわじわ頬が緩みそうになる。

でも緑野は真面目な顔をして言った。

「俺は北原の罪を隠し、指紋を消した。これはどれくらいの罪になるんだ？」

「は？　罪？　ああ、犯人隠避と証拠隠滅な。えーっと、どっちも二年以下の懲役、又は二十万円以下の罰金だけど？」

あまりに脈絡がなくて、思わず浮かんだ条項を読み上げる。

とんだ肩すかしだ。ここはもっと他に言うべき言葉があるんじゃないのか。もう少しロマンチックな言葉が。

本気でムッとしたところで、黒い車とパトカーが正面玄関の方へ向かうのが見えた。高木は静かにアクセルを踏み込み、裏門から外へ車を出す。

「最長で二年……」

「まあ庇った相手は親族みたいなもんだし、最長ってことはないだろうな」

「そうか」

適当に車を走らせる。署に戻ってしまったら、またしばらく二人きりにはなれない。

「おまえ、恋人はいないって言ってたよな？」

緑野はまた唐突に訊いてきた。

「いないけど？」

「でもセフレみたいのはいるんだよな？」

「は？　な、なに言い出してるんだ、おまえ」

「取り調べの時、自分も身体だけの相手がいる、みたいなこと言ってだろ」

「……そういうとこは聞き流せよ」

「無理だ。すべて記憶してる。狭い空間で膝突き合わせて、刑事と容疑者ってのは不本意だったが、毎日おまえの顔を見られて楽しかった。ああいうところでしか、おまえのエリート面は拝めなかっただろうしな」

「なんだよ、おまえは俺を辱めたいのか⁉　エリートがエリート面してなにが悪い。セフレもいたよ。ああ、いましたよ。淫乱《いんらん》エリートになれって言ったのはおまえだろ⁉」

「俺は、なるなと言ったはずだが？」

「しょうがないだろ。おまえが捨てるから、他の男とやるしか――」

音もなく伸びてきた手に口を塞がれた。びっくりして思わずブレーキを踏みそうになる。

緑野の腕はバネのように伸びる。初めて会った時の、風を切る音がしそうな拳を思い出した。ボクシングでもしているのかと思ったのだ。ただ喧嘩《けんか》慣れしているだけだったけど。

「それ以上言うな」

緑野はそう言うとすぐに手を離した。

「なんだよ。びっくりするだろ」

空《す》いた道で前後に車はなく、急ブレーキをかけても問題はなかったが、心臓に悪い。

「俺の前で他の男に触られた話はするな」

「え……まさか妬《や》いてるのか？」

「嫉妬なんて縁のない感情だと思ってたが、おまえに関しては自分がひどく狭量になる自覚はある」

「俺はおまえが女のところに行くたびにモヤモヤしてたよ。うちに泊まっていいって言ったのに。女が切れた時だけ、三日と続けて泊まらなかったってどんな高校生だよ」

「三日が限界だったんだよ。おまえはなんだかんだ言ってもまだガキで、高木さんの息子《むすこ》だし、手を出しちゃいけないと思ってた」

「ガキ？　全然ガキじゃなかったぞ」

「人の隣でガキみたいな顔してすやすや寝てただろうが。なんの警戒も緊張感もなく」

「そ、それはおまえが男に興味がないと思ってたから……」

「だからって、ああも無防備に寝るか？　おまえに好かれてるとは思ってたけど、そういう意識はされてないんだと思った。女がいなくても、あの家にはいられなかったんだよ」

十二年も前のいろんなことが解明されていく。あの頃は自分がガキだなんて思っていなかった。でも緑野の方が大人だったのは確かだ。

「じゃあ今はどうなんだよ。もうガキじゃないぞ。もう……触りたくないか？」

恐る恐る問いかけた。本当はもっと大人っぽく誘惑したいのだが、尋問みたいな色気のない口調になった。口説《くど》く経験も積んで、いつだって余裕で誘惑もできたのに。

わかっている。余裕があったのは、失敗を恐れていなかったからだ。今は少なからず自信があるにもかかわらず、ハンドルを握る指先が冷たくなるほど緊張している。

一度は拒否された相手だから。万が一にも触りたくないなんて言われたくない。

「触れない。罪を償うまでは」

その答えにホッとすると同時に呆れた。

「おまえはモラルが欠落してるくせに、変に律儀だよな。どうせ、罪を償っても、前科者がそばにいたら迷惑になるんじゃ……とか言い出すんだろ？　もうそういうのはうんざりだ」

高木は車を停めた。人も車の通りも少ない高速道路脇の空き地。隣には車の解体工場があり、スクラップされた車がうずたかく積み上げられているせいで、車を停めていても目立たない。密談にはもってこいの場所だ。

この辺りは前に副署長をしていた時に、よくパトロールして回っていた。誰に頼まれたわけでもなく、犯罪の発生しそうな場所をリストアップしていたのが、こんなことで役に立つとは。

「罪とか罰とかはまた別の話だ。俺のことが好きか嫌いか、それだけだ」

「別の話って……おまえ警察官だろ。それも幹部候補だろ。そんなこと言っていいのか？」

警察官が唆《そそのか》し、犯罪者は正論を吐いて止めようとする。

しかし高木にはまた逃げようとしているとしか思えなかった。勝手な思いやりで身を引くのはもうやめてもらいたい。

「確かに警察官だけど、元々俺は、警察の目を盗んで悪いことするのが得意だったって知ってるだろう？」

「もうガキじゃねえんだから……」

「ガキじゃないから自分で判断するんだよ。責任も自分で取る。ガキの自由ってのは後先考えずに動けることだった。無責任で楽しかったけど、なにも自分のものにはできなかった。大人の自由は後先ちゃんと考えて、なにを選ぶか自分で決められることだ。今まで俺は仕事しか選ぶものがなかったけど、おまえが選択肢に入ってくれるなら、迷わずおまえを選ぶ」

不思議なほど迷いはなかった。もう思い知ったのだ。十二年。その不在は誰にもなににも埋められなかった。

「苦労してキャリアになって、頑張ってここまで来たんだろう？」

「頑張ったよ。おまえが捨ててくれたから、前だけ見てひたすら走れた。ちゃんと手に入れたから、もう気を使わなくていい」

押して押して押さないと、思いやりという名の強固な壁を壊せない。優しくて頑固で面倒くさい男だ。不幸であることに慣れすぎていて、幸せになることに罪悪感さえ持っているように見える。

田沼はそれを不幸性だと言っていた。自分と関わると、みんな不幸になると思っていると。

「おまえに、触ってもいいのか？」

「触れよ。こんな可愛げのない男でよけれ――」

食い気味に手が伸びてきて、あっという間に引き寄せられた。窮屈な体勢で抱きしめられて、それでもすごくホッとした。全身から力が抜けた。

やっとだ。一度は通じたと思った心を断ち切られ、長い長い空白を経て、今度こそと思ったら取調室で。運命のいたずらにしても意地悪すぎる。

でもどうやら心はずっと繋がっていたらしい。神様もどうやらギブアップだ。

髪を背を、まさぐるように触られる。十二年の飢えを満たすように。

高木もその肩に頬を押しつけて、抱きしめて、ついでに首筋に噛《か》みついた。ビクッと緑野が顔を離し、間近に覗き込んでくる。

「俺はちょっと怒ってるんだ。人の幸せを勝手に決めつけて。本気で俺に幸せになってほしいなら、まずおまえが幸せになれ。幸せになれると思うことをしろ」

長年培われてきた不幸性がそう簡単に直るとも思えないが、直してもらわないと困る。

「想……わかった。じゃあとりあえず……」

眼鏡を取り上げられた。レンズ越しでない顔が間近に迫ってきて、吐息が触れるとすぐに、少し乾いた温《ぬく》もりに包まれた。柔らかく優しく啄《ついば》んでいたのが、あっという間に深く濃く、むさぼるようになる。

キスひとつでこんなにも満たされるものなのか。

その想いを伝えたくてむさぼり返す。同じくらいの幸せを、より以上の幸せを、緑野には感じてほしい。

シートとシートの間で抱き合っていたのが、体格差のせいか、飢えの深さゆえか、次第に緑野が押して、高木は背中をシートに押しつけられる格好になった。

緑野となら受け身になることに不満はない。なんでも喜んで受け入れる。しかし、思う様むさぼりあって、昂《たかぶ》りきった気持ちが少し収まると、高木は緑野の肩を押し戻した。

「ここではさすがに……ここまでかな」

本当はもっともっとしたい。でも理性をねじ伏せるには日差しが明るすぎた。

緑野はものすごく渋い顔をしたが、すぐにククッと笑い出した。濡《ぬ》れた唇《くちびる》が幸せそうに口角を上げる。

「なんだかんだ言って、おまえは真面目なんだよ。悪いことっていっても、道は踏み外さなかった。結局、グレてもいい子ちゃんだった。警察官は天職だな」

「そんなことはない。けど……そうかな」

警察官はお父さんの天職なの……そう言った母の声がよみがえって、嬉しくなった。同じことを緑野に言ってもらえるなんて。

「眼鏡もスーツも、気取った喋り方も、最初は全然似合ってないと思ってたけど、それは十二年前のおまえにであって、今のおまえには合ってる」

「そんなに変わったか？　……変わったか。昔の俺の方がよかった？」

緑野がずっとそばにいれば、こんな自分にはなっていなかったはず。捨てられたと思って、必死で喘《あえ》いで足掻いてできあがった自分だ。

「昔の俺は昔のおまえが好きだった。今の俺は、今のおまえが好きだ」

そう言って緑野は、高木の顔に眼鏡を戻し、指で慈しむように頬を撫でる。

「お、おまえってさ、時々くさいこと言うよな、さらっと」

優しい視線と指遣いが妙に恥ずかしくて、赤くなって目を逸らす。

「そうか？　でもそれはお互い様だと思うぞ。おまえも言うんだよ、さらっと。アップルパイ食べてすげえ幸せそうな顔して、『俺これ好き。見た目ごついけど、すごく優しい味がする。おまえみたいだ』なんてことを」

「は？　そんなこと言ってないっ」

「言った。昔のおまえが。今の俺が作ったアップルパイはどうだった？　見た目も味も優しかっただろ？」

「それは……まあ。すごく好きな味だったよ」

「だろ。俺の基準はいつだっておまえなんだ。おまえが俺のことを、すごい奴だ、いい奴だって言うから、そうなろうと思った。おまえを笑顔にする仕事がしたくてパティシエになった。心をおまえに向けると、俺の人生は光の方に向かう」

緑野はもう一度キスをして、助手席へと身体を戻した。重みと温もりが消えて、思わず「もう少し……」と言いそうになる。緑野に向かいたがる指を、無理矢理方向を変えてエンジンのスタートボタンを押した。

「おまえは昔から、すごい奴でいい奴だったよ」

「おまえ以外の人間には言われたことないけどな」

「これからは少しわがままな奴になればいいと思う」

「そうか？　じゃあもう少し……」

避ける間もなく指が頬を撫で、唇を撫でた。ゾクッとして慌ててその手を払う。

「い、今じゃないから！　俺はこれから警視になる。触らないでもらおうか。エロいことなんてもってのほかだ」

火照《ほて》る頬をゴシゴシ擦《こす》って、眼鏡の位置を整えてエリート顔を作る。しかし成功している気はしない。

ちょっと撫でられただけなのに、指遣いがいやらしくてゾワゾワが尾を引いている。さすがは元ヒモ男。これ以上なにかされたら、自分の中から得体の知れないものが出てきそうで、さっさと車を発進させた。

「まあいい。これくらい、十二年のお預けに比べたら、なんてことない……」

己に言い聞かせるような呟きは、聞こえないふりをした。

◇　逮捕

署に戻ると、北原が出頭してきたことで大騒ぎになっていた。

高木と緑野を見て、誰もが複雑な顔をする。ニヤニヤと笑っているのは南元と伊崎だけ。その場に黒田の姿はなかった。

高木は刑事部長に呼び出される。小言だけで済むはずがない。緑野はひとまず留置場へ収容された。

「誤認逮捕を防ぐため、どうしても必要な措置でした。しかし、独断で行動したこと、及び規則違反につきましては、いかなる処分も受け入れる所存です」

誤認逮捕というのは外せないキーワードだった。それを命じたのは、目の前にいる刑事部長。しかしこういう時、だいたい責任を問われるのは現場の一兵卒。功を急いて捜査が十分でないことを隠していた、などとして、許可した人間は責任を免れる。解せない。

「追って処分は通知する。きみは出頭してきた男が犯人だと、わかっていたのかね？」

「いいえ。私はただ緑野氏が無実であると確信し、妹の晴れ姿を見せれば、本当のことを供述するのではないかと期待したにすぎません。北原氏は自らの罪を悔いて、自らの意志で自首するに至ったようです」

容疑者として警察が捜しはじめてから出頭しても、自首にはならない。犯人が誰だかわからない状態で、自ら名乗り出るからこそ、自首は減刑を考慮される。

警察組織としては、真犯人が自首したことで誤認逮捕が明らかになるより、疑いを持った他の刑事が真犯人を追い詰めて出頭させた、とする方が聞こえはいい。

しかしそんな組織の面子や、己の手柄なんかより、高木には北原の減刑の方が大事だった。南元も伊崎も、自分は気づいていたなんて、そんな小さな自慢をするタイプではない。

どんな理由があっても殺人は大罪だ。憎むべき罪だが、犯した人間が憎むべき悪党であるとは限らない。己の罪を悔いているか、反省しているか。見知らぬ人間がそれを判断する時、自首したかどうかは重要なファクターとなる。

「部長、私が言うのもなんですが、お友達は大事にされた方がいいですよ？」

飲み友達だという黒田をさっさと切り捨てた部長に進言する。もちろん嫌みだが、本音でもある。

緑野と北原も友達。自分と緑野も友達、田沼や柿田も、伊崎も友達だと思っているし、不本意だが南元も友達の枠に入るかもしれない。助けてもらったり助けたり。本当に友達は大事だ。

部長に睨まれて、この人が上に行くなら自分の出世はないなと思う。それならそれでかまわない。高木の出世欲はますます薄れていた。

北原の取り調べは南元と伊崎が担当した。唯一、北原に話を訊きに行った刑事だったから。

「あの女……中橋さんは、本当は篤士さんのことが好きだったんです。でも、プライドが邪魔をして縋《すが》るなんてことはできず、篤士さんに愛されてる亜美に目をつけたんです」

北原は淡々と供述したが、未だ中橋への憎悪は消えていないようだった。

中橋はその頃、店の売り上げも下り坂で、緑野にも去られ、仕事でも私生活でも踏んだり蹴《け》ったりの状態だった。なのに亜美は、緑野に大事にされて、もうすぐ結婚して子供も生まれる、幸せの絶頂。妬《ねた》み僻《ひが》みは悪意を育て、亜美と北原に嫌がらせをするようになった。

「店の評判を落としたり、仕入れ先に圧力をかけて値をつり上げさせたり、そういうのももちろんムカついたけど、なにより亜美に危害を加えたことが許せなかった。階段の上から突き飛ばしたんです。証拠はないけど。頭に来て、あの日、店に行ったんです」

店に飾られているトロフィーたちが、まるでパティシエたちの墓標のように見えた。中橋の栄光の餌食《えじき》にされ、店にはもう誰も残っていないのにその実績だけが飾られている。

自分が取ったトロフィーを手に取ったのは、もちろん殴るためではなかったが、ここに飾られるくらいなら叩きつけて壊してやろう、くらいのことは思っていた。

『これ以上亜美を傷つけたら、僕はあなたを許しません。絶対に』

警告だけして帰るつもりだったのだ。

『許さない？　あなたなんかになにを許してもらう必要があるのかしら』

中橋は開き直り、緑野や北原や亜美の欠点を挙げ連ね、取るに足らない人間と切り捨てた。

『亜美と子供を傷つけようとしたこと、謝ってください、そしてもう二度と、僕らに関わらないでください』

『だからなにを謝るっていうの。冗談じゃないわ。そんな最悪のＤＮＡの子供、生まれない方が世の中のためでしょう。……悪運の強さだけは一級品だけど』

中橋が真っ赤な口紅を引いた唇の両端を引き上げ、なにかを思い出すような顔をした。その顔を見た瞬間、北原はこの女が亜美を突き飛ばしたのだと確信した。

「気づいたら、トロフィーを持った手を振り上げてました。亜美のことを、そして生まれてくる子供のことを、もう一言だって悪く言われたくなくて。なのにまだ口を開こうとしたから……」

黙れ！　と叫んだのと、ガツッと硬い手応えがあったのは同時。

「自分がなにをしたのか……理解したのは、床に倒れて頭を押さえた女が、訴えてやると言った時でした。取り返しのつかないことをしてしまったと怖くなって……逃げました」

北原は殺人に至った経緯を包み隠さず話した。

「その時は、生きていたんだな？」

一通りの供述を聞いて、南元が問いを発した。

「はい。訴えられたら、悪いのは自分になってしまう。店の外に出てから、自分が犯罪者になったんだと気づきました。握りしめてたトロフィーは川に投げ捨てて、篤士さんに電話しました。どうしたらいいのかわからなくて……」

「なんと言われた？」

「自分が行ってオーナーと話をつけてくるから、心配するなと。どこかで気持ちを静めてから帰れ、亜美にはなにも言うな、と言われました」

「それで、緑野が現場に行った時にはもう死んでたわけか……」

「篤士さんは電話してきて、話をしていたらムカついて、自分が殴って殺してしまった。おまえが殴った怪我は大したことなかったから黙っていろって……。本当かな、とは思ったんですけど、おまえは亜美と子供を護れって言われて、それが僕の仕事なんだと思いました。いろいろ苦労してきた亜美を、幸せな花嫁にしてあげたかった。篤士さんは、式の日までは捕まらないようにするって言ってました。式は挙げてほしいって言われて、篤士さんが取り調べを受けていることも必死で隠しました。亜美が幸せな気持ちのまま結婚式にこぎ着けるように……」

「愛されて、幸せ者だな、奥さん」

「でも結局、傷つけてしまいました。これからまた苦労させてしまいます」

「それでも別れるとは言われなかったんだろ?」

「愛があるなら苦労くらいなんてことないって。子供の頃から、そういうのには慣れてるって。僕は本当に、なんて浅はかなことをしたのか……」

「護りたかったんだろ? 命があればやり直すことはできる。でも被害者はもうできない。おまえがその可能性も奪ったんだ。聞くだに最低の女だとは思うけど、愛されてる亜美さんが羨ましかったんだろうな。罪の重さを受け止めて、生きて償え」

「はい。申し訳ありませんでした。……あの、篤士さんはどうなりますか? なにも悪くないのに……」

「悪くないことはない。誰のためでも、犯人隠避は罪だ。指紋も消したと言っている。証拠隠滅な。誤認逮捕はまあ、まんまと騙されたこっちが悪いんだが。高木が粘らなかったら、そのまま有罪になってた可能性は高いな。あんたが自首しない限りは」

「申し訳ないです、本当に。高木さんのおかげです。僕はたぶん言い出せずに、罪の意識に苛《さいな》まれて、きっと本当の意味で幸せにはなれなかった。高木さんが自首をすす……」

「ああっ! ザキ、そろそろ飯の時間じゃないか?」

南元は急に大きな声を出して北原の言葉を遮り、監視室と繋がっているミラーに背を向けて、口に人差し指を当てた。北原にだけ見えるように、黙ってろという素振り。

「そうですね。少し早いですが、一区切りとしますか」

伊崎は冷静に答え、途切れた言葉は調書に記載されることはなかった。

南元は留置場へ向かう道すがら、北原に自首の定義をひそひそと耳打ちする。

「それでいいんですか？　手柄を逃してしまうんじゃ……」

「いいんだよ。高木がそれを望んでる。それに今回のは刑事の力量っていうより、愛の力だからな。手柄なんか目じゃないいんだろうよ」

「ですね」

南元の言葉に伊崎は嬉しそうにうなずいた。

北原は不思議そうな顔をしたが、

「愛の力は、無限ですよね……」

そう呟くと、視線を前に向け、しっかりした足取りで歩き出した。


留置場に向かう高木の足取りは軽かった。

今日、緑野は起訴猶予《きそゆうよ》処分となり、釈放される。

北原と亜美は妊娠がわかった時点ですでに入籍しており、事件が起こった時、北原と緑野は親族だった。これにより、刑法一〇五条の犯人蔵匿、証拠隠滅の罪に関する特例が適用される。親族のために この罪を犯したときは、刑を免除することができる、というものだ。

もちろん、免除「できる」のであって、必ず免除されるわけではない。しかしよほど悪質でない限りは起訴猶予となることが多い。つまり「罪は認定するが、今回は大目に見てあげましょう」という処分だ。

殺人罪を被るつもりだった緑野は、そんな法律があることを知らず、高木はすでに緑野たちが親族となっていたことを知らなかった。

覚悟していたよりかなり早く再会できることになって、澄まし顔の下で浮き浮きしていた。北原はすでに拘置所《こうちしょ》に移送されている。殺人ではなく、傷害致死での逮捕、送検だった。発作的に一発殴ったものの、生きていた被害者にとどめは刺していない。逃げてしまったが、義兄に取りなしを頼んでいる。などのことから、殺意はなかったと判断された。裁判でもそれほど厳しい判決は出ないだろう。酌《く》むべき情状もあるので、執行猶予がつくかもしれない。

「なぜきみたちがここにいるのかな？　二人仲よく留置場係に異動かい？」

浮かれ気分に水を差す顔が、留置場の緑野の房の前にあった。

「いやなに、餞別《せんべつ》に、警視殿の若かりし頃の恥ずかしい秘密でも聞こうかと」

南元はニヤニヤ笑う。

「それのなにが餞別なんだ？　僕は恥ずかしいことなんてなにも……。篤士、余計なこと言ってないだろうな？」

若い頃なんて恥ずかしいことばっかりだ。高木は鉄格子《てつごうし》の向こうにいる緑野に目を向けた。

緑野は苦笑して首を横に振る。

「想の恥ずかしい秘密なんて、誰にも言うわけないだろ。もったいない」

「も、もったいな……って、おまえな」

緑野は男前の顔でさらっと言ったが、それがなぜかものすごく恥ずかしく感じられて、高木は焦る。

「おおー、なんかやらしい。こりゃなかなかの腕をお持ちと見た」

南元はよくわからない感心をしてみせ、緑野は「いえいえ」などと謙遜《けんそん》してみせる。

「女タラシ同士で認め合ってんじゃないよ」

「確かになんかどこか同じ匂《にお》いがしますね、この人たち」

伊崎がちょっと嫌そうにうなずいた。

「この二人がタラシこんだ女の数足したら、たぶんとんでもないぞ、真悟」

「うわー、最低ですね」

軽蔑の眼差しを向けられても、南元はまるで動じない。

「過去なんて気にするな、真悟。今はおまえ一筋だ」

明らかに冗談とわかる言い方だったが、伊崎は焦って周囲を見回す。が、

「俺はずっとおまえ一筋だ」

続けて吐かれた低い声に、その場にいた全員が一瞬固まった。声のトーンがまったく冗談に聞こえない。じっと見つめられている高木は心臓まで止まった気がした。射貫《いぬ》かれた。

「お、おま、おまえの冗談は笑えないいんだよ！　ギャグ方向の才能ないいんだから無理すんな。乗っかるなっ」

高木は顔を引きつらせ、なんとか必死でごまかした。ごまかせたはずだ。誰も本気になんかするわけがない。と思ったのだが、すぐ近くにいた二人は、「ほう」とか「へえ」とか言って、高木の顔を見てニヤニヤしている。幸い今日は他に収容されている者はなく、若い看守だけが「冗談、ですよね」と素直にごまかされてくれた。

鉄格子の向こうでひとり、しれっとした顔をしている男を高木は睨みつける。しかしこの男もまた、まったく動じる様子がない。

「そっか、一筋か、いいねえ。いやなんか、よかったなあ、警視殿」

「冗談だと言ってるだろう。昔からこいつの冗談はわかりづらいんだ」

今頃になってドキドキしてきた。一筋とか、そんなことをこんなとこで言うのは反則だ。

「まあそれでも、あんたは一途だったよなあ。頭から信じ続けて、ついには規定違反の逃避行だ。捜査会議の時なんか、世界中が敵に回っても俺だけは……みたいな勢いで、真っ向から対立しちゃって」

「本当、あんな熱い高木さんは初めてで、びっくりしたけど、伝わってきました、愛が」

二人はどうも緑野に聞かせようとしているようだが、そんなのは本当に余計なお世話だ。

「うるさい。そんなのはきみたちの勘違いだ。僕はただ事件を正しく解決したかっただけ。誤認逮捕なんて僕の経歴に傷がつくから、それでちょっと必死だっただけだ」

緑野に熱い視線を注がれているのを横顔に感じていた。二人の言ってることは間違ってないからこそ恥ずかしくて、必死になって否定してしまう。

「ちょっと前ならその言葉、素直に信じられたんだけどな。そつなく生きる、ふらふらした遊び人だと思ってたから」

「別にそれで大きく間違ってはいない」

確かにそういう人間だった。ほんの少し前まで、ただ目の前のことをこなしながら生きていた。適当に息抜きしながら。未来に期待することをやめていた。

自分の中の熱を思い出したのは、緑野と再会してから。後ろを向きたくないから前を向く、のではなくて、自然に前を向いていた。未来に期待した。

「俺は高木さんのこと、遊び人だなんて思ってませんでしたよ。この人も過去に恋愛で痛い目に遭って、でもめげずに頑張ってるんだなって。俺に言ってくれたことって、自分に言い聞かせてたことなんじゃないんですか？　で、試行錯誤した結果、遊び人みたいなことになってるのかなって」

「それ、結局遊び人だって言ってるよね、真悟。僕は別に、過去の恋を忘れるために遊んでたんじゃないよ。ただ楽しく遊んでただけだ。って、なんでこんなところでそんなことを……。そもそもきみたちは仕事中じゃないのか？　さっさと刑事課に戻りたまえ」

傷ついて引きずってたなんて思われたくない。言うほど遊んではいなかったが、緑野は傷つけたと気に病んでいるようだったから、すっかり立ち直っていたと思わせたかった。

緑野の方をチラッと見れば、目が合った。しかしその表情から考えていることは読めない。

「はいはい。ま、これで真悟が寂しい甘味ツアーに付き合わされることもなくなるだろ。俺は上官思いだから、警視の幸せが長く続くことを願ってますよ」

「本当に心から祈ってます」

そう言って二人は留置場を出ていった。激励されてものすごくばつが悪い。貸し借りナシのチャラになったというより、弱みを握られたような気分だ。

「きみ、緑野篤士は起訴猶予で釈放だ。通達が来ているだろう？」

刑事たちのやり取りを聞いて困惑顔をしていた若い看守に高木は声をかけた。

「あ、はいっ」

留置場係も交代制なのに、いつも当たるこの男は運がいいのか悪いのか。今のところ悪いばかりか。

「こないだは悪かったね、徳田くん。黒田刑事に絞られたんだろう？　でも大丈夫。風は僕の方に吹いたから」

「あ、いえ、はい。疑ってかかるのが刑事の仕事だと思ってたので、信じて貫くのも大事なんだって、勉強になりました」

思いがけぬピュアな言葉が返ってきて、申し訳ないような気分になる。いつもはそうではないのだ。

「いや、まあ疑うのが仕事っていうのは間違ってないよ。でも時には……自分が、もし裏切られても悔いはない、と思えたら、信じてみるのもひとつの手、かな」

そう思えることは滅多にない。高木にしてみれば、この世にたったひとりかもしれない、奇跡のような確率の話だ。参考にしろとは言えないが、信じられる相手だと思ったら、懸けてみるのも悪くはない。

「はい。では釈放します。ご苦労様でした。こちらの書類にサインを」

緑野は晴れて釈放となり、二人は並んで正面玄関から外に出た。

「どうよ、シャバの空気は？」

「ああ、いいな。これでやっと自由に触れ……いや、まだか」

緑野は大して美味しくもないだろう空気を大きく胸に吸い込み、高木に手を伸ばそうとして、やめた。まだ日は高く、ここは警察署の敷地内。二人の間には気軽には触れないくらいの距離が空いている。

友達の距離よりも遠いのは、警戒しているからだ。触られたくないのではなく、触ってしまわないように。

その距離を保ったまま駐車場へと歩く。平和な午後の空気に見合う速度で。

「おまえ、仕事は？」

「今日から休みだ。明後日まで。前回潰されたから、今度は絶対休む」

呼び出されたおかげで緑野を釈放に導くことができたのだが、もう二度とそんなことが起こるはずがないので、二度と呼び出されたくない。

以前は呼び出されても、どうせやることもないし、と諾々と従っていた。しかしこれからはたぶんそんなことは思わない。

「それ、本当に休みか？　謹慎とかじゃないのか？」

「おまえは心配性だな。違うよ。厳重注意は受けたけど、結果的に誤送検を免れたから、功罪で帳消し、みたいな感じになった。俺を罰すると、逮捕を許可した刑事部長も無傷ってわけにはいかなくなるから、うやむやにしたっていうのが正しいかも。だから黒田さんも大した処分にはならなかった。おまえ的には不満だろうけど」

かなりひどいことも言われていた。刑事としてよりも人として反省してほしいが、それはあまり期待できない。

「俺は別にああいうのは慣れてるし。おまえの立場が悪くならなかったならよかった」

「慣れるなよ。自分で自分をちゃんと尊重しろ。あんなの怒って当然なんだから。なんなら

今から謝らせてもいいんだぞ」

高木は憤慨して言った。いくら凶悪犯だと思っていたとしても、あの暴言については謝罪すべきだ。

「変わってないな。おまえは人のことですぐ怒る。おまえもたいがいひどいこと言われてたぞ。俺はその方が腹が立った」

そう言われて、顔を見合わせて、そして笑う。お互い様だ。相手に言われた暴言は覚えていても、自分に言われたことは忘れていた。

「俺はけっこういろんな人に、見直したって言われたんだ。警察って体育会系な人が多いから、頭のいいクールな人間より、馬鹿な熱血漢が好かれるんだよ。そういう意味では評価上がったから。心配するな」

「そっちの方が俺の知ってるおまえにに近いな。でもあんまり好かれるな」

「は？　バーカ。なんの心配だよ」

「言っただろ、俺はずっとおまえ一筋なんだよ。嫉妬も一極集中な分、誰も彼も見境がない」

「バーカ」

見つめ合えば、ごく自然に距離は近づいていく。ちょっと手を伸ばせば触れるくらいに近づいたところで、車に到着した。

「乗って」

「俺はどこに連れ去られるんだ？」

「不安か？」

「いや。おまえと一緒なら地獄まででも付き合う」

「よし、その言葉忘れんなよ！」

ニヤッと笑って車に乗り込んだ。まず緑野を連れ込んだのはケーキ店。次にカフェ。三軒目は小洒落《こじゃれ》たパン屋。ケーキ屋では緑野もケーキを一つ、おとなしく食べたが、二軒目ではコーヒーのみ。パン屋では総菜パンの具だけに目を向けていた。ちなみに高木はケーキを二つ食べ、四つを持ち帰りにして、パフェを食べ、パンを四つ買った。

「なんだ、おまえ本気で俺に地獄見せようって魂胆か」

パン屋の駐車場に戻ってきたところで、緑野はげんなりした顔で言った。

「パティシエのくせにどういう泣き言だよ。研究必要だろ？　また戻るんだろう？　パティシエ」

「それはそのつもりだが。甘いものはそんなに好きじゃないって言っただろ。おまえが食べて好きだったものを教えてくれ。それについては研究する」

「おまえって本当……俺基準なんだな」

言いながら口元が緩む。そんなに俺が好きかと。

「そう言っただろ。……想、そろそろ日も落ちてきたんだが？」

空は夕焼けに染まり、そして暮れ始めていた。

「そうだな。じゃあ夕飯を食いに行くか。甘くないものな」

ごく自然な会話の成り行きだったはずだが、助手席に座った緑野は大きな溜息をついた。

「おい、想。はっきり言え。俺と二人きりになるのが嫌なのか？　怖いのか」

「は⁉　馬鹿言え。今だって二人きりだし、俺は純粋にデートを楽しんでるだけだ」

「ふーん、デートねえ。じゃあ車内でこういうオプションは、ありか？」

緑野の手が太股《ふともも》に伸び、スーツのパンツの上からいやらしく撫でられる。やや指に力を入れて、それが股間《こかん》の方へと向かってきて……。

「は？　はあ⁉　おま、てめ、なにして……まだ、まだ、こういうことする時間じゃないだろ⁉」

焦ってその手を払いのけた。

「やっぱりか。本当、変なとこ道徳心強いんだよな。昔も明るいうちにいちゃついてる奴らとか見ると眉顰めてたっけ。エロいことに関してはなんかこう、堅いよな。おまえに淫乱エリートは無理だな」

確かに、そういうことは夜、隠れてやるべきだと昔は思っていた。今は別に明るさ云々《うんぬん》というより、ただ純粋に時間を楽しみたかったのだ。そしてやっぱりちょっと逃げていた。心の準備というか、二人でいることに慣れたかった。夢じゃなくて現実だと噛みしめたかった。

「別に……。堅くて悪かったな。俺は普通のデートとかしたことないから、してみたかったんだよ。それだけ！」

「普通のデートか、これ？　でもそういえば、俺もしたことないな」

「え？　そ、そうなのか？　そうか……ビジネス恋愛ばっかしてきたからだろ？」

「おまえは遊びばっかりだったからか？」

「……まあ、いいか、それは」

そこを掘り下げるのは得策ではないと、互いに口を噤む。が、指はきわどいところにスルリと滑り込んできた。

「お、おいっ」

太股をきつく閉じて逃げれば、女の子座りのようになる。

「運転代わってやろうか？」

「どこに連れ込む気だよ」

「どこでも。でも、できるだけ近場だな。俺は今まで相手の意思を優先してきた。それができなかったのは十二年前。と、たぶん今だな。触っちまったら、わりと早めに限界がきた」

指が怪しく動く。大事なところに触れそうで触れない。

「な、なに……おい、ここ駐車場」

「運よくどん詰まりでどこからも見えない」

「そういう問題じゃ……わ、わかった、すぐ移動する、移動するから、手ぇどけろ！」

焦ってエンジンをかければ、緑野の存在感のある手は股間から引き上げていった。

「人より忍耐力はある方だが、急いでくれ」

「あ、安全運転は譲れない！」

高木は眼鏡の位置を直し、ひとつゆっくりと息をした。バックしようとして、

「サイドブレーキかかってるぞ」

言われて焦る。内心はパニクっている。触られたらヤバくなったのは高木も同じだった。内側から、もっと触られたい欲求がどんどん湧いてきて、それを抑えるのに必死で、注意が散漫になっている。

安全第一、安全運転とブツブツ口に出して、なんとか運転に集中する。


「できるだけ近くって言ったはずだが？」

「いいだろ、もう着いたんだから」

隣で文句を言い続ける緑野を無視して、車を四十分ほども走らせた。もうすっかり日も暮れたし、欲望の方も少し落ち着いた。さすがに運転中は手を出してこなかったから。

「でも実家っておまえ……」

緑野は複雑そうな表情で古い日本家屋を見上げた。

「なんか……ここがよかったんだよ。やり直したかったたっていうか……」

「そうだな。十二年目のやり直し……巻き返し？　上書きしておまえのトラウマ回収しないとな」

「トラウマになんかなってない」

「俺のせいでまともな恋愛ができなかったんだろ？」

伊崎の言ったことをちゃんと聞いていたらしい。過去に痛い目を見て恋愛に臆病になっていたのは事実だ。しかしそれは認めたくない。

「違う。ただ気楽に楽しく遊んでたんだ。たまたま誰のことも好きにならなかっただけで」

「ふーん、誰も好きにならなかったか」

玄関を入ると、肩を組まれてしっかりロックされた。リビングを素通りして階段へと直行。

「ちょ、ちょ、風呂《ふろ》……飯、あ、ケーキを冷蔵庫！」

踏むべき段取りを口にしたが、すべて無視され、かろうじてケーキの箱を涼しげなところに置くことだけ成功した。しかし狭い階段で急に緑野のスピードが落ちた。窮屈なせいかと思ったが、どうやら足を上げるのに少し時間がかかるようだ。

走る時に引きずる足は、階段も難しいらしい。しかしあえてそれには触れなかった。たぶん触れてほしくないだろうから。

逃げる気持ちはなくなり、支えてやりたくなる。

そして上がってすぐのドアを開けると、あの日と同じ部屋、同じベッド。特になにか感慨に浸るようなこともなく押し倒された。緑野は馬乗りになって顔を近づけてくる。

その目に映る自分の姿は、あの日とは違う。見下ろしてくる緑野の顔も違う。でも心はあっという間にあの日に戻る。

「俺、あの日……どうしてもおまえにキスしたくなった。一生に一度だけだからって思って、寝てるうちならいいだろうって。自分を止められなかった……」

「俺の忍耐も計画も、あのキスひとつでパーになった。もっと穏便に、自然に離れるつもりだったのに……。あんなキスひとつ、寝たふりでやり過ごすつもりが、我慢できなくて目を開けちまった。焦って必死に言い訳を探そうとして、でもうまい嘘がつけなくて、涙目になって謝るのが、もう本当に可愛くて堪《たま》んなくて。どうやっても自分を止められなくなった」

緑野の手が伸びてきて、頬を包み込む。親指で頬骨の辺りを撫でられた。

「あれがなかったら、ずっと友達でいられたかな」

「さあ。友達ではいられても、そばにはいなかっただろうな。あの頃、おまえの未来は可能性でキラキラしてた。俺みたいのがそばにいても邪魔になるだけだと思ってたから、離れるつもりだった。もしあのままずるずると関係を続けても、すぐに破綻しただろう」

「そうだな。ダメになっただろうな。おまえはすぐ自分を犠牲にするから。それじゃ続かない」

視線は自然に緑野の右足に向かう。

「犠牲じゃない。おまえの幸せを願っただけ」

緑野の顔が近づいてきて、あの日自分がしたような唇を揺らすだけのキスをひとつ。

「俺の幸せを思うなら、なにがなんでもそばにいろよ。あの頃持ってた可能性、俺はちゃんと手に入れた。おまえが護ってくれたから。でも、幸せにはなれなかった。おまえに捨てられたと思ってたから」

強がって生きてきた。捨てられた、なんて、認めたくなかった。誰にも、自分自身にも。

その寂しさや痛みや苦しさを思い出して、緑野の首に腕を回して引き寄せる。もう放したくない。

「捨てるかよ。会いたかったし、抱きたかった。田沼たちに会うたびおまえのこと聞いて、会えって散々言われたし、会おうと思ったこともあったが、そのたびに厄介なことが起きて、そういう運命なのかって諦めかけてた。目の前におまえが現れた時は、マジで女神《めがみ》降臨って思った」

「すっげー素っ気ない顔してたくせに」

「顔には出ないんだよ」

さっきよりは濃いめのキスをする。どんどん身体が熱くなって、息も荒くなる。

「おまえのそばにいる。おまえの邪魔にならない限りは」

緑野の言葉は嬉しかったけど、ちょっと引っかかる。

「邪魔ってなんだよ。それ、おまえが判断するなよ？　勝手に決めつけてどっか行きそうだし。これに関しちゃおまえは信用できない。俺のことが嫌いになってどうしても離れたいっていう時以外、離れるな。そばにいろ」

きれいな目をじっと覗き込むようにして言えば、緑野はクククッと笑った。

「さすがキャリア様は上からだな」

「下から、だろ？」

可愛いふうに上目遣いをしてみたが、眼鏡をかけたままなのでたぶん老眼のじいさんみたいな感じだ。緑野はただただ笑っている。

「わかった。了解。勝手に離れていかない。たぶんもう……離れられない」

髪をクシャッと摑まれ、コツンと額を合わされる。高木も笑顔になった。

「よし。じゃあそれ以外は好きにしろ。おまえは少しわがままになれ」

「おまえにそんなこと言われたら……ヤバいな、十八歳に逆戻りだ」

唇が合わされ、それでも十八歳の時のような性急さはなかった。優しく啄まれ、邪魔な眼鏡を外されると、心が呪縛から解き放たれたような気分になった。また唇を合わせ、より深く交われば、昔のキスを思い出した。

あの時はなにがなんだかわからなくて、でも緑野がキスしてくれたのが嬉しかった。嫌われなかったことにホッとして、求められて幸せで、どうしようもなく昂揚して……最後に突き落とされた。

「おまえ、男は二度と抱かないって……」

口づけの合間に非難する。どういうつもりで言ったのかはもうわかっている。謝ってほしいわけじゃない。ただ確認したいだけ。もう二度とあんなことは言わないと確かめたい。

「悪かった。嘘つきと罵ってくれていい。頼むから、抱かせてくれ」

「頼む？」

「ああ、全力で。ていうか、ダメだと言われてももう止まんねえ」

緑野は高木のネクタイをやや乱暴に引き抜いて、シャツの襟元《えりもと》を開いた。現れたのは鮮烈な白い肌《はだ》。

「こんなの見ちまったらもう……」

緑野は目を細め、長い指で大事そうに首筋を撫でた。触れられたところからピンクに染まり、口づければ赤の花が咲く。魅惑的なキャンバス。

「あ、ん……篤士……」

高木が悶《もだ》えれば、緑野は我慢できないとばかりにその胸にむしゃぶりついた。

「想……ずっと、おまえにこうしたかった」

緑野の唇に含まれて、小さな粒はピンと立ち上がる。舐《な》めろと催促するように。しかし舐められた途端に、身体はビクッと逃げを打った。あまりにも快感が強烈で。

十二年ぶり、いや初めての快感かもしれない。久しく放置していた身体には、過ぎる快感だった。でも、もし昨日誰かに抱かれていたとしても、この快感が薄れるとは思えなかった。

緑野とのそれは別ものなのだ。

「篤士……篤士っ……」

緑野以外には抱かれたくなかった。他の男に誘われてもその気になれないのは、基本的にそっちの属性がないから、だと思っていたのだが、もしかしたら恐れていたのかもしれない。上書きされて、緑野の残したものが薄れてしまうんじゃないかと。

しかし、そんな心配をする必要はなかったようだ。

似てる男なんていない。自分にとって緑野は唯一無二。

快感に朦朧《もうろう》としている間に、上着もシャツも脱がされていた。裸の上半身が緑野の前に晒《さら》される。視線すらもくすぐったく感じて、どんどん昂っていく。

「変わってないな……」

「そんなわけ、あるか……」

高校生の頃よりは逞しくなっているはず。骨格も、筋肉も。キャリアでも身体は鍛えている。しかしそれは女が好きな緑野にはあまりいい変化ではないだろう。

変わっていないと思い込みたいのかもしれない、なんてことを思って不安になる。

「変わってないのは、俺の反応だ。おまえの裸を見ただけでイキそうになった。高校生の頃と同じ……」

「それもないだろ、若ぶってんじゃ……ぁあっ」

言った途端に乳首に嚙みつかれた。また身体がビクッと跳ねる。

「衰えてないことをちゃんと証明してやる。三十歳の本気を受け取れ」

「待て、俺も三十……」

「なんだ、もう負けを認めるのか？　想は無駄に負けず嫌いだったと思うんだが？」

「無駄にって……。別に、負けるとか言ってな……た、体力はある」

本当に無駄な虚勢だった。体力でも勝てる自信なんかない。もうすでに息が上がっているのだから。でもそれは感じているせいであって、持久力ならずっとパティシエをやっていた男には負けない……かもしれない。

「じゃあ朝まで。楽しもうか」

本気かよ、と怯《ひる》んだのが顔に出てしまう。緑野はあからさまに余裕で、高木の顔を見て楽しそうに笑った。途端に対抗心が湧いて、こうなったら本気で勝ちに行く、という意気込みも顔に出る。

「やっぱり、眼鏡が邪魔だったんだな。取ると昔と同じ。表情がわかりやすい」

「なんだよ……眼鏡返せ」

「いらないだろ？　隠すなよ。俺に全部見せろ」

目元に口づけるようにして囁《ささや》かれる。命令口調にドキドキした。なんのテクニックだ、これは。

「眼鏡も……ネクタイもスーツも、窮屈そうで、ずっと脱がせたかった」

「は？　おまえは人が真面目に取り調べしてる時にそんなこと考えて……」

「毎日会えて嬉しかった。結婚式まで黙秘してなにも話さないつもりだったのに、おまえに話しかけられたら無視するなんてできなかった。昔から俺は、おまえにだけは弱い」

抱きしめられて、肩口に熱い息を感じる。噛みつかれて声が出た。もちろん甘噛みで、まったく痛くはなかったのだけど。

「あ、亜美ちゃんにも弱かった、だろ」

妹に対抗心を燃やしてもしょうがない。でも言わせたかった。おまえが一番だと。

「亜美は他の男にやれるけど、おまえはやれない」

それで充分だ。

「俺も。もうやらないからな。他の女にも」

広い背を抱きしめる。たくさんの女がこの背を抱いて、逞しい胸に縋りついたに違いない。でももう誰にもやらない。触らせない。

嫉妬を覚えても諦めるのが当たり前だった。女には勝てないのだと思って生きてきた。自分の中にこんなに強い独占欲があるなんて知らなかった。

「ああ。おまえ以外は欲しくない」

「ヒモとかパトロンとかもダメだぞ⁉」

念を押せば、緑野は高木の胸板に額をつけた状態で固まった。

「なんか……改めて最低だな、俺。おまえよくこんなの好きになったな」

緑野は溜息をついて、しみじみ呟いた。

「本当だよ。馬鹿みたいにずっと……。俺、実は馬鹿なのかな」

「よかったよ、賢くなくて」

緑野は動きを再開、目の前にあるピンクの突起を舐めはじめる。

「ちょ、撤回しろ、俺はかしこ……いって、あ、ん、ぁあっ……」

胸の粒は敏感で、緑野の舌にいちいち反応してしまう。身体に学習能力はないのか、舌先で突かれたり、ねっとり舐められたりするたびに息を呑み、小さく跳ねる。どうやら身体はあまり賢くない。

「あ、あっ……や、だ、あ……待って、って……」

もぞもぞと腰をうねらせて逃げを打つ。

やめてほしいわけではない。むしろもっとしてほしいのだけど、感じすぎているのが恥ずかしかった。まだ下の方には触られてもいないのに、身体の輪郭を指でなぞられた程度なのに。三十にもなってこんな高校生みたいな反応はない。

眉間に皺を寄せて目を逸らし、口に拳を押し当てて堪《こら》える。

「想、おまえそれ……」

困惑したような声に視線を戻せば、見下ろす緑野の顔は険しかった。

「な、なんだよ?」

「それで何人、陥落させた?」

「は?」

「おまえのそういうのは、本当ヤバいな」

「え?」

なにを言われているのかさっぱりわからないが、緑野は怒っているように見えた。

「キャリアぶってるおまえは笑って見られたけど……そういうのはちょっと。俺の前ではなにも演じなくていい」

「は? え? 演じるって……?」

なにを言われているのかわからない。自分が昔とは変わったという自覚はある。本気になることを避け、その場に合わせた仮面を被り、自分を装うことが努力だった。そのままの自分を出す場所を失って、本来の自分がどんなふうだったかも忘れかけていた。

次に緑野と会った時、変わった自分となら友達でいてくれるかもしれない。そんな気持ちもたぶんあった。

でも今はなにも演じてなどいない。そんな余裕はなかった。今のありのままの自分は、緑野の目には違和感があるということなのか。これじゃダメだということか。

昴っていた心が急速に冷えていく。

「俺は……なにも演じて、ない。……これが嫌なら、抱くな」

肌の色もピンクから白へと戻っていく。

今のおまえが好きだなんて言ったくせに、ダメなのか。また傷つけられるのか。

不意に涙が込み上げてきそうになって、今度は拳で目元を隠す。

「え――。いや、マジか。だって昔よりウブになってるとか、ないだろ。可愛く男を誘う技、なんてものを身につけたのかと」

しばし間が空いて、言われた意味を理解して、涙なんか引っ込んだ。肌の色はピンクを通り越して赤くなった。怒りで。

「はあぁ!? さ、誘ったことなんかねえよ！ いや誘ったことはあるけど、可愛く誘うなんてそんなこと、そもそも男に抱かれようとしたことなんてないし！ ウブで悪かったよ、自分でも三十にもなってこんなの気持ち悪いって思ってんだよ。でもおまえだから……感じすぎてテンパって、どうしていいのかわかんないんだよっ」

一気にぶちまけた。

そうすれば誘えるというのなら、技として今後使ってやろうかと思うが、自分がどんなふうだったか覚えていない。

「悪い。そうか。本当に一度も抱かれてないのか……」

「嘘だと思ってたのかよ⁉　抱かれるのはないって、俺は昔から……。信じてなかったんだな？　実は淫乱エリートだと思ってたんだな⁉」

拗ねる。大いに気分を害した。

「違う。思ってない。あんまりエロ可愛いから、ちょっと想像力が先走って、他の男を誘ってるところが浮かんで、カッとなった。悪い。怒るな」

「怒るに決まってんだろ！　なんの想像力だよ。どけ、もうおまえとはしない！」

「いや、それは……。悪かった。本当、ごめん」

謝りながら、腕ずくで押さえつけてくる。離さないと、強い力で。

そしてまた、口づけから。

抵抗するふりはしてみたが、本気で逃げる気なんかない。おまえとはしない、なんて本当は思ってもいない。怒りも謝られた瞬間にあっけなく消えていた。

もしここで意思を尊重されて手を引かれたら、本気で怒っただろう。

「本当は、どんなおまえでもいいんだ。ただ、なにも装わない、ありのままのおまえを抱かせてほしい」

優しすぎるほど優しい口づけは、宥《なだ》めているのか、詫《わ》びのつもりなのか。あまりにぬるくて、だんだんもどかしくなる。

「もう、いいから。下……触って」

破れかぶれの気分で申し出る。淫乱だなんて思われたくないが、ウブだと言われるのはもっと嫌だ。いろいろ考えるのはやめて、身体の欲求に素直になってみる。ありのまま、なにも考えずに。

怒られた犬みたいにシュンとなっていた緑野は、言われるまま従順に下に手を伸ばした。太股から股間へと手のひらを滑らせる。

布地越しでもやっぱり感じすぎるほど感じてしまう。緑野に触れられていると思うだけでイキそうになるのだからしょうがない。

股間の熱いものをゆっくり撫でられ、

「ハァ……」

自然に息が漏れた。身体から力が抜け落ちる。

もうダメだ。本当にダメだ。気持ちいい。感じすぎる。乾く唇を何度も舐めて潤した。

「想……そのやらしい顔も、俺だけか？」

気を抜いていた耳元に囁かれ、カッと頬に血が上る。

「お、おまえだけだよ！　悪いか」

「悪くない。ご褒美をもらった気分だ。腐らず生きてきてよかった」

そんなことを言いながら、最高にいい笑顔を浮かべる。こっちが生きてきてよかったと思うような顔。その手で股間を弄《いじ》られれば、快感はより大きくなり、緑野の手の中のものも硬く大きくなる。

「ん……俺も、いい、すごく……」

緑野の人生が、自分と会う前も、別れてからも、大変なものだったと知っている。生きてきてよかったなんて言われたら、こっちがご褒美をもらった気分だ。

腐らず生きてきてよかった。また会えてよかった。

「俺の進む先にはいつもおまえがいた。おまえに顔向けできない生き方だけはすまいと思って生きてきた」

「俺も……俺も。過去の人にしようとしたけど、無理だった」

互いにずっと想い続けていたことを認め合って、笑い合って、心も身体も全裸になる。すべて脱ぎ捨てて抱き合うと、もうなにも迷いはなくなった。

なにもいらない。おまえだけでいい。確かめるように互いの身体をまさぐり合う。のめり込み、感じすぎる自分も認める。抱き合うだけで気持ちいいのだから、いろいろされたら気持ちよすぎて乱れてしまってもしょうがない。おかしくなってもしょうがない。

「あ、あぁ……篤士、篤士……」

硬く立ち上がったものを擦られて、あられもなく身悶える。胸の粒を舐められ、身を震わせて嬌声《きょうせい》を上げる。

十二年前のことは、特にその最中のことはほとんど覚えていない。まったく余裕がなくて、意識は半ば飛んでいたのかもしれない。優しくされた記憶より、激しく翻弄《ほんろう》された印象ばかりが強く残っている。たぶん緑野も余裕がなかったのだろう。

「あ、もう乳首、いや……」

弄り倒されて首を横に振ると、緑野がククッと笑った。

「おまえ、前もそれ言ってた。乳首、感じるんだろ?」

抓《つま》まれて、指先でゆるゆる揉まれて、また首を横に振る。

「違、おまえがしつこ……からっ、おまえが好きなんだろ⁉」

女なら胸を揉むところ、乳首しかないからそこなのだろう。

「まあ、好きだけどな。おまえが感じるところは全部。今日は誰もいないし、思いっきり声出してよがればいい」

今日は、と言われて思い出す。あの日は下に酔いつぶれた奴らがいた。けど、そんなことを意識する余裕もなかった。

「タヌ、たち……」

「知らない方がいいと思うぞ」

その言葉にヒヤッとした。それって聞かれたってことか。まさか、見られたなんてことは……。田沼の訳知り顔が浮かんで、疑惑は確信に近づく。

そっちに気を取られていると、乳首をカリッと噛まれた。

「ひゃうっ」

「他の奴のことなんか考えんな」

そう言って、唇は腹筋を滑り、股間へ。薄い茂みを啄んで、すでにしっかり立ち上がっていたものに口づけ、そしてすっぽり包み込んだ。

「ああっ、あ、篤士……」

口の中。自分のアレが篤士の口の中。それだけで頭の中はいっぱいになる。たぶん前はこんなことされてない。自分のものが緑野の口の中に吸い込まれて、出てきて、どんどん大きくなっていく……こんな光景を目にしていたら、さすがに覚えている。

「あぁ……気持ちいぃ……気持ちい、よ……あ、篤士、はぁ……あっ……」

目を閉じれば、緑野の舌使いを鮮明に感じて、腰が淫《みだ》らに揺れた。

丹念に舐められるほど、友達でなくなっていく感じがする。より近しく、より濃密に。

すべてを知って、知られて、もっと深い関係に落ちていくのが、少し怖いけど嬉しい。

引き返す気はもちろんない。もっと知りたいし、なんでもしたい。してやりたい。

「篤士、俺も……したい、おまえ、のっ」

緑野の頭に手を置いて訴える。

「舐めたいのか？」

問われてうなずいた。

「それだけで、クルな……」

緑野はニヤッと笑ったけど、また高木のものを咥《くわ》えて、体位を変えようともしなかった。

「篤士《よし》、あ、なんで……」

身を捩ってどうにかしようとすると、その舌の動きが巧みになって、うまく力が入らなくなる。太股をゆっくり撫でられて、少し腰を上げさせられると、指が後ろの襞《ひだ》を撫でた。

ピクッとそこが収縮する。

「それより先に……。まず、こっちで。いいか？」

襞の集中する部分を指でつつき、揉みしだく。

「あ、ん……お、おまえが、したいなら」

言った途端に緑野は両足を押し上げて、高木の秘所を露《あらわ》にすると、そこに口づけた。

「なっ！　や、やめろ、舐め……のは、ダメ、って……あ、ん！」

振り切りたいけど、両腕でがっつり固定されていて、尻《しり》がちょっと揺れる程度。余計に恥ずかしい。そこを舐められるほど罪悪感が募って、

「そ、そこ、ローションあるから！　も、やめてくれ」

ベッドの枕元にある引き出しを指さした。ちゃんと用意はしておいたのだ。ゴムも入っている。部屋の掃除もしたし、シーツもきれいにした。それなりに経験を積んだ大人の男として、準備万端整えて、ついでにかなり期待していた。少しもウブじゃない。

「俺はおまえの身体ならどこでも舐め回せるけどな」

「それは俺も——」

思わず対抗しかけてやめた。その争いはあまりにも不毛だ。

緑野は手を伸ばし、引き出しを開けてローションを手にした。中のとろみのある液体を、今しがた自分が濡らした場所に塗る。と同時に、指を一本スルッと中に入れた。

「あっ——」

高木は反射的にキュッと締めつけたが、指はさらに深く入る。

「はぁ……あ、あっ……」

クチュクチュと指を抜き差しされ、前もクチュクチュと擦られる。

音が恥ずかしい。恥ずかしいのが気持ちいい。高木はただ喘ぐだけ。

声が消えるのは、キスを求められた時。何度も唇を重ねては見つめ合う。互いが互いであることを確認するように。そしてなんとなく笑って、目を逸らして、また見つめる。

そんなことを何度繰り返したかわからない。でも、何度でもしたかった。

これは夢じゃない。夢じゃないんだ。確かめたがっているのは相手も同じ。

夢を見て、目覚めて虚しくなる。そんなことが十二年。あまりにも長すぎる不在だった。心のベクトルはいつもいない人の方を向いていて、だけどもう半分諦めてもいた。緑野はストレートだから、女性と幸せな家庭を築いているかもしれない。初恋は実らないもの。誰だってふられたら諦めて次を探す。新しい恋をしよう。何度も自分に言い聞かせたけど、心はまったく動こうとしなかった。

もう一度会って、押して押して押してみるというのも、ありなんじゃないか……。そっちには心が動くものの、他人と幸せそうな緑野を見る勇気がどうしても持てなかった。

未解決の事件は忘れられないものだ。いつまでもずるずると引きずってしまう。だからこの家を、このベッドを捨てることができなかった。ここは事件現場。あの日の自分が、緑野に背を向けて固まったあの時の姿勢のまま、ずっとここにいた。

大の男二人には窮屈なベッドだということはわかっていたけど、ここからまた動き出したかった。

「篤士……もう、捨てんなよ」

「捨ててない……捨てない、絶対……。一生、大事にする」

気持ちが通じていると確信して抱き合える、こんな幸せは他にはない。

緑野の厚い背を抱き寄せ、自らキスを求める。与えられて、思う様むさぼって、唇を離すと、緑野の切羽詰まったような眼差しに射貫かれた。

「想……」

低い声にゾクッとする。怖いのではなく嬉しくて。どうしようもなく欲しい——そんな気持ちがストレートに伝わって、高木は笑みを浮かべた。

女王のような、女神のような笑み。緑野は息を呑《の》み、ゴクッと喉《のど》を鳴らした。

「篤士……いいぞ」

高木がそう言った途端、指に代わるものが押し当てられる。ギュッと強く。その圧に少しだけ怖じ気づく。思い出したのだ、その痛みを。

見境をなくした緑野にむさぼられた記憶。まるで獣のようだった。

「大丈夫。さすがにもう、暴走はしない」

同じことを思い出したのか、緑野は苦笑して言った。

「だから少し、力を抜け」

言われて緑野の二の腕をしっかり摑んでいることに気づいた。十二年、進歩がない。

「ごめん……」

手を離せば摑んでいたところが赤くなっていて、思わず撫でさすれば、その手を摑まれた。

「謝らなくていいって言っただろ。摑まっていい。引っ掻いてもいいぞ」

「どんなすごいことするつもりだよ」

暴走しないと、つい今しがた聞いた気がするのだが。

「さあ。忍耐力は鋼《はがね》なみだと自負していたが、おまえの前では髪の毛程度だと思い知ったからな。なにをするか……」

強く引っ張れば、プチッと音を立てて切れる程度。それは以前、目《ま》の当たりにした。

そんなことを言ったわりに、緑野はゆっくり入ってきた。焦ることなく、逸《はや》ることなく。

「は……ぁ、んん……」

ゾクゾクと背筋をなにかが這い上がる。緑野が少し進むごとにさざ波が立つ。震えるような感覚。気持ちいいと表現するには少し緊張感が伴う。

「あ……篤士、ん……、いいよ、動いて……」

馴染むまで待ってくれている緑野に、しがみついたまま伝える。動きたがっているのは伝わってくる。動きたい気持ちもわかる。だから言ったのに、篤士は動かない。

「煽るな。前の時もおまえが、して、とか言うのが可愛くて……キレたんだ。若さのせいじゃない。だからまた、ヤバい……」

ゆっくりじわじわと腰を揺らす。慎重な動き。それはそれで気持ちいいのだけど、もどかしい。

「もっと、していい、篤士。……して」

煽った。して、なんて言った記憶はない。だからどんなふうに可愛かったのかもわからない。だからとりあえず、媚《こ》び媚びで言ってみた。

「おまえな……。可愛くはないが、効いた」

緑野は苦笑してキスをして、少し動きを大きくする。

「失、礼だ……ぁ、ああ、……あっ……」

徐々に、でもすぐに激しくなって、ぶつかり合う音がするほどになった。だけど不思議と痛みはない。感じないだけかもしれない。それに勝る幸福感というアドレナリンで。

激しく突かれ、時にゆっくり深く抉《えぐ》られ、また性急に擦られる。その緩急に翻弄される。

「や、あ、あんっ、篤士……あつ、しっ……」

ゾクゾクしっぱなしで、強くしがみついて、腕に引っ掻き傷をつけてしまったが、気づく余裕はなかった。

ベッドのきしみと自分の喘ぎ声。そして荒い息遣い。夜はまだ浅いはずだが、部屋の中には滴《したた》るように濃密な夜の空気が立ちこめている。

「いい、篤士、俺、もう……」

「ああ。想……悪いけど一度、中で出す……」

そのかすれた言葉に感じて、熱い猛《たけ》りをぎゅうぎゅうと締めつけた。そこを擦られてまた感じ、一気に弾ける。

「あ、ああっ、イッちゃ……う、んっ、ンッ！」

裏返った声と共に、腹の上に放出された白い愛の種。

「想……、クッ……っ」

奥深くに放たれのは、長い長い孤独から解き放たれた想いの丈。それは高木の中に広がって、染み込んで、満たされていく。心も、身体も。

体中がジンジンと痺《しび》れる、幸せな余韻に浸る。

だけどまだ終わりにしたくない。これで終わりなんて言わせない。

「もう抱かない、なんて言うなよ？」

先んじて挑発する。抱くことは二度とない――目の前を真っ暗にした言葉。どれだけショックを受け、引きずったか。

「ああ。何度でも抱く。死ぬまで、おまえだけを。ずっと、何度でも……」

言葉を身体で伝えるように強く抱きしめられた。抱きしめ返せば過去の呪縛は解けていく。

ベッドの縁《へり》に座っていた傷ついた少年は、犯人逮捕によって弔われ、消えた。

「俺への偽証罪は起訴猶予になんかならないからな」

「ああ。大丈夫だ。もうその罪は犯さない。自信がある」

「あと、俺に黙って俺を護るな」

誓約を取りつけようとしたのだが、緑野は黙った。黙ったまま、首筋に口づける。

「おまえ……ごまかすつもりか」

「護らせろ」

「ダメだ。嫌なんだよ、俺の知らないところでおまえが傷つくのは。刺されたのが足じゃなくて腹だったら、おまえ死んでたかもしれないんだぞ。そんなの絶対……」

想像しただけで胸が痛む。緑野の右の太股には傷痕が今もくっきり残っている。そこを指でなぞれば、緑野はピクッと反応した。

「わかったよ。おまえも無茶するなよ？」

「それは約束できない。俺は警察官だから。市民を護るのが務めだ」

「ずるいだろ。キャリアは机に向かって書類こねくり回してりゃいいんだ、って、あのムカつく刑事が言ってたぞ？」

「それが嫌いだから、あのムカつく刑事に煙《けむ》たがられてるんだよ。キャリアになったのは失敗だったかなあ。俺、もっと馬鹿だったらよかった」

狭き門を通ってしまった自分の優秀さが憎い。

「おい、想。その指、誘ってるのか？　わりと……ヤバいぞ」

少し盛り上がった傷痕を、指先で執拗《しつよう》に撫でていた。知らぬところで知らぬ間に自分を護ってつけられた傷。愛《いと》おしくて悔しい傷。

「へえ、ここ感じるのか？　ていうか、もう痛くない？　全然その、腰を動かすのはスムーズだったけど」

「ああ、こういう動きに支障はない。何度でもできる」

緑野は高木を抱きしめたまま腰を振った。いつの間にか元気を取り戻したものが、高木のまだ少し元気のないものに当たって、挑発する。

「俺も……まだ全然、できる」

勝ち目のない勝負も挑まれれば受けて立つ。浅はかな負けん気。

頭はいいけど賢くはない。策を練るより、突っ走った方がいい。旧友の言うことはおおむね正しかった。

しかし、突っ走るというのは瞬発力で、持久力はない。体力は人並みよりあるはずなのだが、緑野との愛の営みにおいてはあまり役に立たないようだ。

感じると、疲れる。いつも出さない声とか、しない動きとか、抱かれることに慣れていないこともあって、すごく疲れるのだ。

「あ、ぁ……、もう無理……」

「もうギブか？　大したことないな、警察官。パティシエに負けるとは」

「くそ、体力魔人め」

それから二時間ほどの攻防の末、高木はぐったりベッドに倒れ伏した。

勝ち目のない勝負にはやっぱり負けたけど、抱きしめられてその胸の上。鼓動を聴きながら目を閉じれば、敗北感など微塵《みじん》もなく、満ち足りた眠りにいざなわれる。

「ちょっと、寝る……」

「ああ、おやすみ。ちゃんときれいにしといてやるよ」

「余計なこと……」

するな、と言ったのは夢の中。全体重を愛しい男に預け、まったく無防備に眠りについた。

◇　収監

甘い匂いで目が覚める。身体の重さと、隣に大きな身体がないことに気づいて、敗北感が込み上げてきた。

材料なんてこの家にはなかったはずだ。それを買ってきて、こねて焼く間中、自分は寝ていたのだ。死んだように。まだ起き上がるのも辛いのだから、負けは認めざるを得ない。

「本当、体力魔人……」

しかも身体はきれいに拭かれているようだし、パジャマとして用意しておいたスエットの上下も着せられている。

だるいながらも起き上がって、階下に下りれば、緑野のために用意していたスエットの上下をちゃんと着て、キッチンに立っている大柄な男がいた。

「おはよう」

「起きたか。なにしても起きないから、もう永遠に起きないんじゃないかと心配したぞ」

緑野はニヤッと笑った。

「なにしてもって……」

なにしたんだと訊こうとして、やめた。なんとなく想像はできる。

「おまえの想像程度のことじゃないぞ。王子のキスにも白雪姫はまったく目覚めてくれなかったから」

「だれが王子だよ」

「ああ、キスで目覚めたのは俺だから、俺が白雪姫か」

一瞬なんのことを言っているのかと思ったが、どうやら十二年前のことだと気づく。

「白雪姫はキスした王子をその場で襲ったりしねえよっ」

どの面下げて自分を白雪姫だなどと言っているのか。

「じゃあ俺は狼で、おまえは赤ずきんちゃんか。目を開けたら可愛い赤ずきんに一目でやられちまって、狼はアップルパイなんか焼いちまうわけだ。さあどうぞ、赤ずきん王子」

テーブルの上には紅茶とアップルパイ。メルヘンな喩えに合わない存在は緑野だけだ。

椅子《いす》を引かれて、おとなしく座る。

可愛いとか赤ずきんとか聞き捨てならないのだが、緑野のアップルパイに目も心も奪われ、他のことはどうでもよくなった。フォークを手に取り、アップルパイを一切れ口に運ぶ。口の中に広がる甘酸《あまず》っぱいリンゴ、ほろ苦いカラメル。サクサクのパイ。幸せの味がする。

「うまい」

そこらへんの材料でもこんなに美味しくできるのか。まるで魔法だ。

斜め前の椅子に座って高木の様子をじっと見ていた緑野は、高木の笑顔につられて笑顔になった。

「やっぱりいいな。甘いものを食べた時のおまえの顔は。このために俺はパティシエになった」

「全然似合わないけど、正しい選択だ。おまえ天才。俺幸せ」

噛みしめて、あっという間に平らげる。

「俺も幸せだ」

緑野も、その手作りスイーツも、独占できるものならしてしまいたい。でもそういうわけにはいかない。緑野はその腕で人を幸せにできるのだ。たくさんの笑顔に包まれてほしい。

「北原さんの店、亜美ちゃんと一緒にするんだろう?」

「ああ。北原が出てくるまで、俺が亜美と店を護る。いいだろ?」

「もちろん。住むところはどうするんだ?　今のアパートじゃ店まで遠いだろ」

「しばらくは亜美んとこに住んで、どこか俺にでも貸してくれる部屋を探す」

「じゃあここに住めよ。店まで近いとは言えないけど、充分通える距離だ。おまえが嫌じゃないなら」

「そりゃ俺は助かるけど、いいのか?」

「どうしようかと思ってたんだよ、この家。人が住まないと傷《いた》みがひどいし、人に貸すのもいろいろ面倒だし、売ろうかとも思ったんだけど……。おまえがここに住むなら、俺もここに戻ってくる。ちょっと遠いけど、車ならそんなでもないし」

「一緒に住もうというお誘いなら、断る理由はないな」

「よし」

父と母はびっくりするだろうけど、反対はしないだろう。ルールには厳しかったが、人には寛容だった。罪を憎んで人を憎まず、を地で行く人たちだったから。

「北原はまだ拘置所か……」

緑野がボソッと言った。

「ああ。移送される時に会ったけど、清々《すがすが》しい顔してたぜ? 罪を抱えてた時よりはずっと明るい顔してた」

「そうか。そうだな。俺は浅はかだった」

緑野がなにより子供の未来を考えてしまうのは無理からぬことだ。自分が苦労したから人にも苦労させたいと思う人間もいれば、自分がした苦労を人にはさせたくないと思う人間もいる。緑野は後者で、浅はかでもそれは優しさからの選択だった。人の業《ごう》まで背負い込んでも、恨み言ひとつ言わない強くて馬鹿な男。

だから放っておけない。余計なお節介を焼かずにはいられない。誰よりも緑野自身に幸せになってもらいたいから。

「でもまあ、そのおかげで結婚式が挙げられたわけだし。二人は感謝してるだろ。子供は強く育つさ。おまえの血も引いてるんだから」

「血よりも……おまえみたいな奴に出会えるといいんだが。俺は留置場でもヤクザにスカウトされたし、そういう出会いばかりじゃ曲がらずに生きるのは難しい」

「留置場で⁉　なんだそれは。看守はなにしてたんだ。改善要求出さないと」

高木が真面目な顔になると、緑野は笑う。

「おまえがいれば、俺は不幸にはならないよ」

臆面もなく言われ、頬に触れられて赤くなる。真っ直ぐに見つめてくる瞳の優しさも照れくさい。昨夜散々触られて見つめ合ったのに。

「俺も……おまえのアップルパイがあれば幸せだ」

微妙に目を逸らして言葉を返した。本当になぜか猛烈に照れくさい。

「作り手は？」

頬に当てた手で顔を上げさせられ、強引に目を合わされる。

「い、いるに決まってるだろ。俺は不器用だから作り方教えてもらっても作れないし……。俺のそばで、いつもできたての美味しいのを出すように！」

命令口調で言えば、緑野は身を乗り出して唇にキスをした。

「了解」

本当に言いたいのは、「いつも抱いていてほしい」みたいなことなのだけど、口の中は甘くても、甘い言葉は口から出てこない。

しかし想いは伝わったのか、緑野は高木の背後に回り、覆い被さるようにして抱きしめた。

「想……乳首、ヒリヒリするのか？」

そう言って胸の上に手を置く。服の上からだが、指でその部分を撫でられると、身体がビクッと反応した。

「なっ、なに、なに言って……」

「ずっとトレーナーの前引っ張ってるのって、擦れて痛いからだろ？」

「それは……おまえがしつこくしたから！」

「舐めてやろうか？」

「は？　いらない。ていうか、赤くなってるの収まるまで触るな」

「へえ、赤くなってるんだ？　まあ、着替えさせる時に見たけど。ついでに舐めたけど。おまえ全然起きないし」

「な、なにしてんだよ。……あ、やめっ、触るなって！」

逃げようとしても後ろから椅子ごとしっかり抱き込まれていて逃げられない。裾から入ってくる手を阻止しようとして、自分で乳首を擦り、声を上げてしまう。

「ち、違う、今のは感じたんじゃなくて、痛かったんだ」

「なにも言ってないけど。……本当、可愛くて困るよ」

好みのタイプは可愛い子。でも普通の人の可愛いとは違うから。そう言っていたのを思い出す。

「お、おまえだってな、けっこう可愛いんだからな！」

負けず嫌いを間違った方向に発揮して、首に腕を回して抱き寄せ、キスをした。緑野は余裕で笑っている。負けた気がする。

でもそれも、どうしようもなく幸せだった。

初恋は叶《かな》わないなんて誰が言った？　統計上は正しいのかもしれないけど、粘り勝ちということもあるらしい。恋に時効はないから。しつこく想い続けていれば、あるいは、運命の神様が気まぐれを起こして、いたずらのような手助けしてくれることもある。

長い時を経て、晴れて事件解決。捕まえたからには放さない。もう二度と。

「さて、やるか」

「は？　なにをだよ。おまえな、ちょっと待て。まだ日は高い」

「俺は自分にわがままに、なった方がいいんだろ?」

「違う。そうじゃない。それは誤用だ」

「悪い男に捕まったと思って諦めろ」

「こ、更生させる!」

抱き上げられてソファの上。悪い男に組み敷かれ、捕まえられる喜びに目覚めてしまう。

明るい日差しに目を瞑り、器用な指に捏《こ》ねられて、赤い粒はなお赤く、艶を増す。

「捕まえたのは、俺なんだからな」

「はいはい、俺は犯人ですよ。あなたのハートを盗んだってやつな」

「なに言ってんだ……」

盗まれたのは十二年と少し前。ようやく捕まえたけれど、盗まれたものは取り戻せそうにもない。

あとがき

こんにちは。作者の李丘那岐です。このたびは「初恋捜査（難航中）」をお手にとっていただき、誠にありがとうございます。この本は「ロクデナシには惚れません」という本に出てきた高木警視の恋のお話です。恋が解決するまでの話ですので、事件の解決は添え物的なもの……ではあるけど、足りない脳みそから絞り出すのに時間がかかって、いろんな方々に迷惑をかけてしまって本当にすみませんでした。……と、ダイナミックに話が逸れましたが、なんにせよ楽しんで読んでいただければ幸いです。もちろん「ロクデナシ～」を読んでいなくても大丈夫。ただ、ロクデナシカップル、わりと出てきます。そして設定とかちょくちょく被ってるところがあります。攻めがスケコマシだとか、受けが元○○だとか。他にもあるので探してみては……と、売れ残っている前の本を売ろうとするチープな戦略。しかし似たような話というわけではありません！　それも読んで確認していただければ。

ヤマダサクラコ様、胡散くさい高木をまたありがとうございます！　この本が生まれたのは前作のカバーに高木を描いてくださったおかげかも。緑野ともども感謝しております。いや緑野は私以上に感謝してるはず。格好よく描いてもらったし。

最後に、この本に携わってくださった各位、そしてなにより読んでくださったあなたに心からの感謝を。

二〇一五年　　秋空の下で美味しいアップルパイを夢見つつ……　　李丘那岐

✦初出　初恋捜査（難航中）……………書き下ろし

李丘那岐先生、ヤマダサクラコ先生へのお便り、本作品に関するご意見、ご感想などは
〒151-0051 東京都渋谷区千駄ヶ谷 4-9-7
幻冬舎コミックス　ルチル文庫「初恋捜査(難航中)」係まで。

幻冬舎ルチル文庫
初恋捜査(難航中)

2015年10月20日　第1刷発行

✦著者	李丘那岐　りおか なぎ
✦発行人	石原正康
✦発行元	株式会社 幻冬舎コミックス 〒151-0051 東京都渋谷区千駄ヶ谷 4-9-7 電話 03(5411)6431[編集]
✦発売元	株式会社 幻冬舎 〒151-0051 東京都渋谷区千駄ヶ谷 4-9-7 電話 03(5411)6222[営業] 振替 00120-8-767643
✦印刷・製本所	中央精版印刷株式会社

✦検印廃止

ISBN978-4-344-83536-8　C0193　Printed in Japan